Diogenes Taschenbuch 20569

de
te
be

Jeremias Gotthelf

AUSGEWÄHLTE WERKE

IN ZWÖLF BÄNDEN

HERAUSGEGEBEN VON

WALTER MUSCHG

NEUNTER BAND

JEREMIAS GOTTHELF

Die Wassernot im Emmental

Wie Joggeli eine Frau sucht

AUSGEWÄHLTE ERZÄHLUNGEN I

DIOGENES

Veröffentlicht als Diogenes Taschenbuch, 1978
Lizenzausgabe mit freundlicher Genehmigung
des Birkhäuser Verlags, Basel

20/83/29/2
ISBN 3 257 20569 4

Einleitung des Herausgebers

Neben den zwölf großen Erzählungen hat Gotthelf, den Kalender nicht gerechnet, über vierzig kleinere geschrieben. So wenig er jene als «Romane» bezeichnete, so wenig dachte er daran, diese «Novellen» zu nennen. Seine Schriftstellerei hat mit diesen Begriffen der Kunstdichtung nichts zu tun. Der ersten Sammlung seiner kürzeren Geschichten gab er den Titel «Bilder und Sagen aus der Schweiz» (Solothurn 1842–1846), die zweite taufte er «Erzählungen und Bilder aus dem Volksleben der Schweiz» (Berlin 1850–1855). Das waren biedermeierliche, das Folkloristische und Idyllische hervorhebende Etiketten. In Wahrheit setzen auch diese Nebenwerke eine alte Überlieferung volkstümlichen Fabulierens fort, die auf Grimmelshausen, Fischart und noch weiter zurückgeht. Die drei Stufen von Gotthelfs Kunst zeichnen sich hier ebenso klar ab wie bei seinen Hauptwerken.

Im Schatten der Erstlingswerke entstand eine Gruppe von Tendenzschriften, die mit dem krassen Naturalismus des «Bauernspiegels» und der Lehrhaftigkeit des «Schulmeisters» die wunden Stellen des Berner Volkslebens bloßlegen. Sie schildern mit derselben rücksichtslosen, quälenden Schwarzmalerei die Herrschaft des Bösen, der Gemeinheit, des schmutzigen Elends, besonders des Schnapselends, dieser alten Geißel des bernischen Bauerntums. Der junge Gotthelf schien mit diesen Broschüren auf dem besten Wege, ein sozialreformerischer Geschichtenschreiber zu werden, und die Vereine für Volkserziehung begannen mit entsprechenden Vorschlägen an ihn heranzutreten.

Als er mit dem «Uli» die Verklärung der Bauernwelt begann, griff er eine Zeitlang gern auf historische Stoffe aus der Schweizergeschichte zurück, weil diese Verklärung im Licht der großen Vergangenheit besonders wirkungsvoll zu bewerkstelligen war. Das erwies sich aber als ein verfänglicher Schritt in der Richtung der romantischen Literaturmode. Die besten Früchte reiften Gotthelf stets, wenn er das gegenwärtige Bauerntum in den Glanz der zeitlosen Idylle rückte. Da gelang ihm auch in der kleinen Form Vollendetes.

Seit dem «Geltstag» wirkte sich seine politische Verdüsterung, obschon gemildert, auch in den Nebenwerken aus und erzeugte böse Pamphlete wie «Doktor Dorbach, der Wühler» oder schwache Parodien wie «Wahlängsten und Nöten des Herrn Böhneler».

Die anklagende, die verklärende und die politische Haltung sind aber auch in den Geschichten nicht voneinander zu trennen. Jede hat ihre Zeit, wo sie vorherrscht, doch ist im Grunde jede immer da. Bis zuletzt beschreibt Gotthelf immer wieder mit neuer Wucht den Ausbruch des dämonischen Dunkels im Menschen und in der Natur, die blinde Raserei der Leidenschaften, die Macht des Bösen. Der Glaube an den Teufel und seinen ewigen Kampf gegen Gott, der Glaube an das unheimliche Zwischenreich der Dämonen gehört zu seiner Frömmigkeit wie der Glaube an das Gute und an Gott.

Nichts kennzeichnet den Ursprung von Gotthelfs Dichtertum so wie das Denkmal, das er dem großen Hochwasser der Emme vom Sommer 1837 gesetzt hat. *Die Wassernot im Emmental* ist keine dichterische Erzählung, sondern ein Tatsachenbericht, aber zugleich die erste kleinere literarische Schrift des Pfarrers von Lützelflüh und von einer Kraft der Darstellung, die schon Gottfried Keller bewundert hat. Diese Naturkatastrophe ist in Gotthelfs Augen größer als alle Poesie; sein Ehrgeiz ist einzig, nicht ganz unwürdig über sie zu berichten. Er hört in der Überschwemmung Gott reden und sieht, wie sich das friedliche Emmental plötzlich in eine apokalyptische Landschaft verwandelt. «Der Anblick eines Schlachtfeldes, einer zerschossenen Stadt und Festung ist furchtbar und mannigfach, aber es sind alles Zerstörungen von Menschenhänden. In allem diesem liegt nur etwas Kleinliches, Unzusammenhängendes, Zufälliges; aber wo ein Element tobte, von oben angeregt, da ist in der Zerstörung eine großartige Einförmigkeit, ein Ungeheures, welches auszudrücken alle Buchstaben zu klein sind.» In drei Akten rollt dieses Drama ab. Im ersten erlebt man das Herannahen und den Ausbruch des Entsetzlichen, den Kampf der Wolken mit den Bergen, das Ringen der Gewitter miteinander, den Eintritt urzeitlicher Finsternisse und Gewalten. Der zweite erzählt, wie am anderen Morgen die Menschen aus ihrer Betäubung erwachen und dem physischen Unglück das moralische Chaos nachfolgt: das kleinliche Jammern, die Undankbarkeit, der schnöde Eigennutz der Beutegierigen und der geizigen Reichen. Hier zeigt sich, wie Gotthelf sein Emmentaler Volk bis in die verborgensten Winkel kennt. Der dritte Akt setzt diesem Realismus die Krone auf. Er berichtet mit dem Kennerblick des Politikers über die Hilfsaktion für die Geschädigten, würdigt kritisch das Verhalten der Behörden und der Bevölkerung, läßt aber doch der Freude über das Ergebnis der Sammlung das letzte Wort und faßt sie in eine versöhnende Schlußbetrachtung zusammen.

Was veranlaßte Gotthelf, eines der im Emmental häufigen Hochwasser so feierlich zu beschreiben? Alle Zeichen sprechen dafür, daß es ihn in einem ganz persönlichen Sinn beeindruckte. Er muß dieses Ereignis als seine eigentliche Dichterweihe miterlebt haben. Es bedeutet in seinem Schaffen etwas Ähnliches wie die totale Sonnenfinsternis, von der Adalbert Stifter im Sommer 1842 seine berühmte Beschreibung gab. Dort wie hier trat Gott sichtbar vor das Auge eines frommen Dichters, und wenn beide ihn auch unendlich anders sahen – das eine Mal im tobenden Aufruhr der Bergnatur, das andere Mal in tödlich-stiller Majestät –, so erfuhren sie im Grund doch dasselbe: die Nichtigkeit des scheinbar Großen und die Größe des scheinbar Kleinen. Auch Gotthelf nennt das verheerte Emmental «heiligen Boden», und auch er fragt: «Mensch, wie wäre dir, wenn einst an einem Morgen keine Sonne aufstiege am Himmelsbogen, wenn es finster bliebe über der Erde?» Diese Frage steht am Anfang seiner Dichtung. Er, der später den Segen der Erde so herrlich blühen ließ und das Emmental zum Paradies verschönerte, trug die Bilder der Verwüstung unvergeßlich in sich. Aller großen Idyllendichtung liegt das Wissen um die Zerstörung zugrunde, Goethes «Hermann und Dorothea» wie Johann Peter Hebels «Vergänglichkeit». Auch die Idylle von der Großmutter Käthi eröffnet ja den Ausblick in die chaotischen Wirbel der Weltentstehung, und ihren Hintergrund bilden zwei Hochwasser der Emme. Gotthelf hat gegenüber den die Menschenwelt bedrohenden Naturkräften nicht die ängstlich abwehrende Gebärde des Bürgers. Er anerkennt sie vorbehaltlos und läßt sich durch sie erschüttern, weil er sie als genialer Mensch in sich selbst wirksam weiß. Sein Schulmeister Peter Käser stellt einmal (im 9. Kapitel des ersten Teils), offenbar unter dem Eindruck derselben Überschwemmung, eine eigentliche Philosophie der Wassernot auf: ein fruchtbarer Kopf müsse sich von Zeit zu Zeit durch einen Gedanken überschwemmen lassen wie Ägypten durch den Nil; die Menschen ohne solche Überflutungen seien die bequemen Spießer, denen die Welt nichts zu verdanken habe. «Unter den überschwemmenden Köpfen gibt es welche, wo in der unsichtbaren Seele geheimnisvollem Schoß eine göttliche Kraft haust und schafft. Diese zeuget in dem nie erblickten tiefsten Grunde der Seele den lebendigen Gedanken, diese nährt ihn, bis er mächtig die Seele füllt, sie sprengt ihm Schloß und Riegel, strömt ihn befruchtend aus in die Welt, schafft und besorgt die Ernte. Das sind die selbständigen Geister. In ihnen allein wohnt ungeschwächt und ungeteilt die Urkraft, die zeuget und gebiert ohne fremde Hülfe; sie sind selten, diese Geister auf der erkaltenden Erde.» In dem bekannten Brief an Carl Bitzius vom 16. Dezember 1838 hat Gotthelf wirklich auch seinen Übergang zur Schriftstellerei in diesem Bild zu erklären versucht. «Dieses Leben mußte sich entweder aufzehren oder losbrechen auf irgend eine Weise. Es tat es in Schrift. Und daß es nun ein förmlich Losbrechen einer lange verhaltenen Kraft, ich möchte sagen der Ausbruch eines Bergsees ist, das bedenkt man natürlich nicht. Ein solcher See bricht in wilden Fluten los, bis er sich Bahn gebrochen, und führt Dreck und Steine mit in wildem Graus. Dann läutert er sich und kann ein schönes Wässerchen werden. So ist mein Schreiben auch gewesen ein Bahnbrechen, ein wildes Umsichschlagen nach allen Seiten hin, woher der Druck gekommen, um freien Platz zu erhalten.»

Diese Einstellung spricht auch aus seiner religiösen Erklärung des großen Unglücks. Es steht ihm jenseits der menschlichen Begriffe von Gut und Böse. Daß die brüllende Emme hier einem alten Mann sein «Fraueli» entführt, dort das Gebet armer Eltern um ihre Kinder wunderbar erhört wird, hier ein schon verloren geglaubtes kleines Mädchen aus dem Schlamm wieder erwacht und dort ein ganzes Heimwesen grausam vernichtet wird, macht ihn in seinem Gottvertrauen nicht irre. Es offenbart ihm vielmehr Gottes hoch über allem menschlichen Begreifen stehende Allmacht. Alles, was geschieht, ist Gottes Wille, die ganze Natur ist eine zweite Offenbarung, «eine Gleichnisrede». Der zum Ungeheuer angewachsene Fluß ist ein Dämon, der sichtbar den Willen Gottes ausführt. Nicht zufällig spielt sich die Zerstörung und die Wiederherstellung des Gottesfriedens an zwei Sonntagen ab. Mit einem Seitenblick auf die verschonten Solothurner, die mit ihren «wüsten Banden» die Sonntagsruhe des Emmentals zu stören pflegen, heißt es: «Leute, laßt doch die Emme am Sonntag ruhig, stört sie nicht mutwillig; sonst zeigt sie euch wieder, was sie am Sonntag kann, und läßt auch euch am Sonntag nicht ruhig.» In «Käthi die Großmutter» liest man: «Sonderbar, daß die Emme immer die Sonntage wählt zum Anlauf und Ausbrüchen. Oder wählt sie dieselben etwa nicht, schickt sie ein Anderer an diesen Tagen den Menschen zu, den Menschen, die am Sonntage an die Arbeit sich gewöhnen und keine Zeit mehr haben für Gott?» So wird der Sinn des unheimlichen Geschehens von aller Menschenweisheit abgerückt. «Ein Tor möchte sagen, die gepriesene Weisheit und Güte komme ihm vor wie mutwilliges Kinderspiel, das auch zerstöre, um wieder von vornen beginnen zu können. Der arme Tor kennt Gottes Walten nicht, weiß nicht, daß in der Zerstörung immer der Keim einer herrlicheren Schöpfung liegt.» Die Sonne dieses Glaubens ist es, die zuletzt strahlend über dem verwüsteten Land aufgeht.

Aber mit dieser alttestamentlichen Sicht kreuzt sich eine andere: das Grauen vor dem Wüten der Natur, in dem sich doch auch eine ewige Gefahr kundgibt. Die rasende Emme ist auch ein böses Ungeheuer, das von den gottlosen Menschen gereizt wird und wie in Urzeiten über sie herfällt. Die Erregung, in der Gotthelf seinen Bericht niederschrieb, ist darin begründet, daß er diesen «wilden Graus» nicht als ein unbeteiligter Zuschauer, sondern als ein Mitgefährdeter, nicht nur als Pfarrer, sondern als Dichter erlebte. Das Ganze ist wie ein Monolog des vom Ausbruch seines Dichtertums Erschütterten, und der stärkste Teil der Schrift ist die Schilderung des Unheils, nicht seine christliche Auslegung. Ihr Verfasser spricht auch in eigener Sache, wenn er den Leuten diese Schreckenstage deutet. «Und wenn des Herrn Predigt Berge gespalten, Täler verschüttet, Menschenglück und -arbeit zerstört hat durch feurige Blitze, durch der Wasser Gewalt, so hat der Herr dem Menschen gezeigt seine Majestät und die Haltlosigkeit dessen, was am festesten scheint auf der Erde, und mit den empörten Wassern macht er ihm verständlich empörte Leidenschaften und daß sie es seien, die Häuser brechen, Leben töten, Länder verzehren.»

Der Ausbruch der dämonischen Kräfte hat den Dichter Gotthelf immer wieder beschäftigt. Am großartigsten gestaltet ihn die «Schwarze Spinne», zu der sich die «Wassernot» wie eine Vorübung ausnimmt. Schon sie bettet ja in das wirkliche Geschehen als Ruhepunkt eine Sage, die den Naturvorgang ins Seelische verlegt, und diese Erzählung vom Ritter von Brandis handelt wie die vom Ritter von Stoffeln von einem bösen Zwingherrn, der durch seine teuflische Leidenschaft umkommt. Dieser Wendung nach innen verdanken die großartigen Bösewichter Gotthelfs ihr dichterisches Leben. Christine in der «Spinne», der Dorngrütbauer in «Geld und Geist», der Heide Hagelhans in «Uli der Pächter» sind nicht bloß Schreckfiguren, sondern mit dem Blick des in alles starke Leben verliebten Erzählers gesehen, dessen Meisterschaft daher rührt, daß er in allen seinen Gestalten ein Stück seines eigenen Wesens verkörpert. Seine eigene dämonische Natur zog ihn zu den dämonischen Menschen hin, und wo er sie tief erfaßt, spürt man immer etwas vom Doppelsinn der «Wassernot».

Zwei Jahre nach der «Wassernot» und kurz vor dem «Uli»-Roman entsteht die Erzählung *Wie Joggeli eine Frau sucht* (1841 veröffentlicht). Es ist die früheste der Brautwahlgeschichten Gotthelfs. (Zum Motiv der Brautwerbung siehe die Einleitung zum Band 11 unserer Ausgabe, detebe 170/11). Man sieht es ihr an, daß sie ursprünglich, in knapperer Fassung, für den Kalender gedacht war, da sie kunstlos gebaut ist, mit groben Effekten arbeitet und in ihrer schwankhaften Lustigkeit noch forciert wirkt. Die Frauen werden feindselig derb geschildert, sie sind nur Objekt der männlichen

Wünsche und Forderungen, was der Schluß noch besonders unterstreicht. Das verklärende Licht fällt erst auf den reichen, ledigen, lustigen Joggeli, der gleich am Beginn wie ein Märchenprinz auftritt. Auf seinem Hof liegt der Sonntagsglanz der gesegneten Gotthelfschen Bauernhäuser, und er sucht «eine wie seine Mutter selig», nicht eine auf die neue Mode. Das Königliche an ihm verblaßt dann aber, wenn er als zudringlicher Kesselflicker verkleidet durch die Dörfer zieht, um berühmte Mädchen am Werktag zu beobachten. Die Liebesproben sind summarisch behandelt und die Figuren ohne Feinheit gezeichnet. Das Thema wird erst angeschlagen.

Die Wassernot im Emmental

am 13. August 1837

****

Das Jahr 1837 wird vielen Menschen unvergeßlich bleiben, die nicht ihren Träumen oder ihren Sünden allein leben, die einen offenen Sinn haben für die Stimme Gottes, welche zu uns redet in Schnee und Sonne, bei heiterem Himmel und im Dunkel der Gewitternacht.

Es war ein merkwürdiges Jahr, aber ein banges, angstvolles für Tausende; wohl ihnen, wenn diese Angst jetzt ihre Frucht trägt, ein gläubiges Vertrauen.

Der Winter, welcher bereits im Oktober 1836 angefangen, den 1. November eilf Grad Kälte gebracht hatte, wollte nie aufhören, der Frühling nie kommen. Am Ostersonntag den 26. März fuhren viele Herren lustig Schlitten, lustig gings auch von Biel nach Solothurn, wo sonst mancher Winter keine Bahn bringt. Während es lustig ging auf den breiten Straßen, konnte auch manch arm Mütterchen nicht an den auferstandenen Herrn denken. Es hatte kein Holz mehr, die zitternden Glieder zu wärmen, die Kälte drang ihm durch die gebrechlichen Kleider bis ans Herz hinan. Es mußte hinaus in den schneeichten kalten Wald, einige Reiser zu suchen, oder mußte den schlotternden Körper zusammendrücken in eine Ecke, in den eigenen Gliedern noch irgendwo nach einem Restchen Wärme spürend. Wenn diese frierenden Mütterchen den Zehnten gehabt hätten von dem an selbem Tage zum Überfluß getrunknen Wein, wie glücklich hätten sie am Abend ihre erwärmten Herzen ins Bett gelegt!

Aber auch mancher Bauer drückte sich in die engste Ecke seiner Stube, um das Brüllen der hungrigen Kühe an der leeren Krippe nicht zu hören, um nicht hinauszusehen in die

Hofstatt, wo der Schnee so dicht in den Bäumen hing, so hoch am Boden lag, kein Gräschen sich regte. Er hätte gerne geschlafen, um nicht an seine Bühne denken zu müssen, auf der kein Heu mehr war, durch die der Wind so schaurig pfiff; doch Sorgen sind Wächter, die nicht schlafen lassen.

Am ersten Apriltage wehten Frühlingslüfte durchs Land, und frohe Hoffnungen schwellten alle Herzen; aber alle Hoffnungen wurden in den April geschickt. Schnee wehte wieder durch alle Lande, legte in Deutschland mannshoch sich; er lagerte sich ordentlich, als ob er übersömmern wollte im erstaunten Lande.

Zum eigentlichen Schneemonat ward der April, selten leuchtete die Sonne, und ob sie warm sei, erfuhr man nicht; Gras sah man nicht, kein Lebenszeichen gaben die Bäume.

Die Not ward groß im Lande. Heizen sollte man die Stuben und hatte kein Holz, füttern sollte man das Vieh und hatte kein Futter. Es war Jammer zu Berg und Tal; in den Stuben seufzte, in den Ställen brüllte es tief und nötlich.

Mancher Bauer machte sich, so oft und so weit er konnte, in Weid und Wald hinaus, und wenn er wieder heim mußte, so wollten seine zögernden Füße nicht vorwärts, wollten gar nicht auf den Platz, wo ihm, wie er genau wußte, das hungrige Muhen seiner Kühe wieder ins Ohr dringen, im Herzen widertönen würde. Des Nachts wußte er nicht auf welche Seite sich legen, damit er nicht höre, wie es seufze und stöhne draußen in den Ställen. Endlich übermannte das Elend sein Herz, er stieß seine schnarchende Frau an und sagte: «Frau du mußt morgen zeitlich auf, mußt mir zMorge machen, ich muß in die Dörfer hinab, muß um Heu aus, ich kanns my armi türi nümme usgstah.» Dann stund er auf, machte nicht einmal Licht, zählte seine Fünfunddreißiger im Gänterli und rechnete mühselig nach, ob es wohl ein oder zwei Klafter erleiden möge. Hatte er das ausgerechnet und sich wieder ins

Bett gelegt, so kam es ihm erst vor, wie das wieder einen Strich durch seine Rechnung mache, daß er keinen neuen Wagen könne machen lassen, daß ein dritter oder vierter Zins ihm auflaufe, und statt des Schlafes kam eine neue Trübseligkeit über ihn. Am Morgen zog er seufzend die Überstrümpfe an, die Frau band ihm das Halstuch um, ermahnend: Er solle doch zeitlich heimkommen, sie hätte nicht Zeit, zu füttern, und die Magd gebe gar unerchannt yche.

Er wanderte, er zog von Dorf zu Dorf, er fragte von Haus zu Haus, nicht nach dem Preise des Heus, sondern bloß nach Heu, und glücklich pries er sich, wenn er welches fand. Freilich tat es ihm weh, zwanzig bis fünfundzwanzig Kronen zahlen zu müssen für ein Klafter, und vielleicht am Ende für was? Für Esparsettenstorzen; aber es war doch etwas Freßbares, es war besser als Tannennadeln, die auch an Orten zu drei Franken per Zentner verkauft worden sein sollen.

Wenn er endlich seinen matten Pferden das Füderchen lud, wie sprang er jedem Heuhalm nach, den der neckische Wind ihm entführen wollte; und wenn mit dem Füderchen die Pferde matt das Land auf sich schleppten, wie schwermütig und beladen zottelte er hinter dem Gespann her!

Hat niemand wohl hinter einem der Hunderte von Fudern, die für so viele, viele tausend Franken Heu ins Emmental führten, einem Fuhrmann ins Gesicht geschaut? In demselben hat er in großer Schrift lesen können ohne Brille, was in dem armen Manne vorging, wie er rechnete und rechnete, wie lange er an diesem Heu füttern könne. War er mit der trostlosen Rechnung fertig, so sah er auf zum Himmel, ob nicht bald die Sonne kommen wolle warm über den Schnee. Und wenn dann der alte eisige Wind ihm das Wasser aus den Augen peitschte, sah niemand, wie schmerzlich seine Gedanken sich hinwandten zu seinem leeren Gänterli, in welchem keine Fünfunddreißiger mehr waren. Aber wie der arme Mann später, nachdem dieses Heu zu Ende war, das Stroh aus den Strohsäcken, das Stroh vom Dach, wo man Strohdächer hatte, fütterte, das sah selten jemand, denn das tat er im Verborgenen. Wenn aber der Mann mit nassen Augen in finsterm Stalle den letzten Strohsack leerte, so rieb manche Kuh den ungeschlachten Kopf dem armen Manne am schmutzigen Zwilchkleid ab und leckte erst seine rauhen Hände, ehe sie hungrig ins zerknitterte Stroh biß; es war fast, als ob die gute Kuh den Schmerz ihres Ernährers mehr fühlte als den eigenen Hunger.

Freilich gab es auch Leute, die nicht Heu kauften, nicht Mitleid hatten mit ihrem Vieh, und zwar nicht aus Geiz, sondern aus Stolz und Hochmut. Der Ätti habe auch nie Heu gekauft, sagten sie, und sie wollten lieber ihr Vieh verhungern lassen, als daß man ihnen nachrede, daß sie einmal auf ihrem Hofe nicht Futter genug für ihr Vieh gemacht hätten. Ja, sie wollten nicht einmal Vieh verkaufen, damit man ihnen nicht entweder Geld- oder Futternot vorwerfe, damit es nicht heiße, sie hätten nur so und so viel Stück zu überwintern vermögen. Sie fürchteten, das täte ihren Ehren Abbruch; aber wie zwanzig Kühe, die Tag und Nacht von einem Knubel herab brüllen, was sie in die Haut zu bringen vermögen, einen Bauer verbrüllen können fast bis ins Länderbiet hinein, fast bis ins Aargau hinab, daran dachten sie nicht. Es gab welche, deren Pferde des Morgens nicht mehr aufstehen konnten, die mit Fuß und Gabel das älteste aufjagten, es zum Stall aus trieben, um es dem Hungertode preiszugeben.

Da wehten am ersten Maitage wieder Frühlingslüfte; es grünte in den Matten, laut jauchzten die Menschen, und gierig graste das ausgetriebene Vieh das Wenige, was es fand.

Karst und Pflug wurden eiligst gerüstet, die Kuttlein an die Ofenstange gehängt, die Winterstrümpfe in den Spycher;

aus den Dörfern schwärmte es aus wie aus dem Stock die Bienen, und am heißen dritten Maitag glaubte man alles gewonnen. Aber ein Gewitter verzehrte die vorrätige Wärme, und der Winter war wieder da.

Man jammerte in allen Hütten, auf allen Höfen, ganz besonders aber die Küher. Viele wußten kein Futter mehr zu kaufen, mußten fort aus den Ställen, und Schnee verfinsterte noch die Luft, lag weiß über die Ebenen und klaftertief auf den Bergen. Manchen Küher trieb die Angst auf seine Alp, er hoffte es droben besser anzutreffen, als es von unten das Ansehen hätte, hoffte aufziehen und anfangs mit dem Heu nachhelfen zu können, das er auf dem Berge gemacht und im Staffel gelassen hatte. Aber was fand er? Schnee fast mannstief, und wenn er mit Lebensgefahr zum Staffel sich durchgearbeitet hatte, kein Heu mehr! So konnte er nicht auf den Berg, konnte aber auch nicht bleiben unten im Lande. Da wuchs manchem Küher der Gram über den Kopf, und das Sterben wäre ihm lieber gewesen als das Leben.

Und wenn sie wegfahren mußten aus ihren Winterquartieren im Schneegestöber, die hungrigen Kühe, wenn sie am Wege ein mager Gräschen abraufen wollten, das Maul voll Schnee kriegten, auf den Bergen der Schnee höher und höher sich zu türmen schien und sie auf diese Berge zu mußten in Gottes Namen, da sah man manchen harten Kühersmann die Augen wischen, ja manchen hörte man schluchzen, und zwar weit.

Wie es anfangs auf den Bergen gegangen, wie Tannkries das Köstlichste war, was man den Kühen, die dazu noch fast erfroren, bieten konnte, will ich nicht erzählen. Und wenn ichs erzählte, so würde sich niemand darüber verwundern, schneite es doch auch unten im Lande noch den 19. Mai.

Da grub sich tiefer und tiefer grimmig Zagen bei den Menschen ein. Man hörte wieder rollen durchs Volk Weissagungen über den nahenden Untergang der Welt. Alle drei, vier Jahre wird der Untergang der Welt ganz bestimmt vorausgesagt, und eine Menge Leute glauben daran, nehmen es aber ziemlich kaltblütig und bereiten sich nach ihrer Weise darauf vor.

Vor sechs, sieben Jahren sollte der Merkur die Erde zerstören; da wurde man in einem gewissen Schachen rätig, mit dem Erdäpfelsetzen zu warten, bis der gefährliche Tag vorüber sei. Es wäre doch gar zu ärgerlich, meinten sie, wenn sie die Mühe umsonst haben sollten. Der Seiler-Daniel aber sagte zu seiner Frau: «Lisi, wir haben noch zwei Hammli in der Heli, koche die doch, heute eins und morgen wieder eins; es wäre gar zu schade, wenn die übrig bleiben sollten und wir nichts davon hätten.» Aber die früheren Untergänge der Welt stellte man sich plötzlich, schnell vor und auch fürchterlich, aber wie viel gräßlicher der jetzt drohende langsame, peinvolle Untergang in Kälte und Hunger!

Wenn Andere auch an den Untergang der Welt nicht dachten, so begannen sie doch zu zagen, der liebe Gott möchte sie vergessen haben. Sie erkannten, daß alle Großhansen im Lande und alle Großmäuler alles machen könnten, nur die Hauptsache nicht.

Sie konnten mit all ihrem Witz keine Wärme machen, kein gschlacht Wetter zum Erdäpfelsetzen; auf alle ihre Machtsprüche kam kein Frühlingszeichen, zeigten sich keine sömmerlichen Spuren. Sie begannen zu glauben, der liebe Gott wolle seine Sonne erkalten, wolle sie erlöschen lassen.

Mensch, wie wäre dir, wenn einst an einem Morgen keine Sonne aufstiege am Himmelsbogen, wenn es finster bliebe über der Erde? Wie wäre es dir ums Herz? Schauer um Schauer, immer todeskälter, würden es fassen, wenn deine Uhr schlüge Stunde um Stunde, Morgenstunden, Tagesstunden, Abendstunden, und die Finsternis wollte nicht weichen, schwarze Nacht bliebe unter dem Himmel. Was hülfen da alle Lichter und Laternen! Der Mensch könnte sie nicht einmal anzünden vor Grauen und Beben. Den Jammer, das Entsetzen auf Erden, wenn einmal an einem Morgen die Sonne ausbleibt, kann Keiner sich denken. Am fürchterlichsten wird das Entsetzen dann die armen Sünder schütteln, in deren Herzen auch keine Sonne scheint. Oh, wie wird dann klein werden, was groß war, und groß, was so klein und armütig schien! In so manches Herz scheint Gottes Sonne nicht, scheint das Licht der Welt nicht hinein, das kam, die Menschen zu erleuchten. Lichter und Laternen von allen Sorten zünden die armen Schächer an in ihren Herzen, lassen Irrlichter flunkern darin herum; aber der trübe Dämmerschein erleuchtet den Graus, den Moder, die Totengebeine nicht, und der Geblendete, der nur in sein Laternchen sieht, brüstet sich noch mit demselben und den flunkernden Irrlichtern, rühmt sich, daß er sein trüb und verblendend Laternchen nicht gegen die Sonne tausche und ihr strahlend Licht. Der Arme wird mit Entsetzen inne werden, was für ein Unterschied es sei zwischen einer Laterne und der Sonne, wenn die Sonne seinen Augen erlöscht am Himmelsbogen.

Es begann der arme Menschenwurm mit Gott zu hadern; die Ungeduld des vergebenen Wartens verwandelte sich in Bitterkeit, fast in Verzweiflung. Die Menschen dachten nicht daran, daß Gott ihnen auch einmal werde zeigen wollen, was Warten, was vergebens Warten sei, wie bitter es sei, jeden Hoffnungsschimmer in eine Täuschung sich verflüchtigen zu sehen. Und wie lange lassen die Menschen Gott warten auf das Bezahlen ihrer Gelübde, bis sie reimen ihre Tat mit dem Wort, bis sie erwidern seine Liebe! Ist nicht eben darin auch groß seine Liebe, daß er euch einmal so recht zeigte, wie angsthaft schon das Warten sei auf seine Sonnenblicke, damit ihr fühlen möchtet zur rechten Zeit, wie gräßlich einst ein vergeblich Warten auf seine Liebesblicke sein würde? In diesem Wartenlassen war also nicht der Zorn Gottes, sondern die Liebe des Vaters; er wußte wohl, daß wenn es Zeit sei, seine Kraft in Tagen vermöge, wozu der Mensch Wochen nötig glaubt. Und als die Zeit da war, den 24. Mai, winkte er, und die Sonne brannte auf die Erde nieder, die düstere Wolkendecke fiel, der Schnee schmolz, und in den Feldern und auf den Wiesen ward ein Leben mächtig, das der Mensch nie gesehen hatte. Die Nächte schienen mit Himmelsgewalt ausgerüstet, und ans Wunderbare grenzt, um wie viel einzelne Pflanzen ausschossen in einer Nacht. Mit dem Beginn des Brachmonats kränzten sich die Bäume mit ihrem Blütenschmuck üppig und prächtig, aber wie die große Welt die Jugend gerne um die Früchte des Alters bringt, so blühen die Bäume wohl schön in der Sommerhitze und den majestätischen Gewittern, aber die Blüten verwelken bald, und die Frucht bildet sich nicht oder fällt im Werden ab, weil ihr die Nahrung fehlt.

Wie die Kühe sich freuten über das duftige Gras, wie die Menschen jubelten über die Wärme, über den Schweiß, der ihnen von der Stirne rann, konnte jeder sehen und hören, der Luft schöpfte im freien Lande. Die trübe Zeit war vorüber, eine herrliche war eingekehrt, und Gottes Pracht und Macht wurden alle Morgen neu. Aber die trübe Zeit, der gräßliche Futtermangel, entstanden durch fünf trockne Sommer, wird hundertfältig Früchte tragen und besonders den Emmentalern. Am Ende ist denn doch Gott der beste Prediger, der gewaltigste Lehrer in allen Dingen; er macht in wenig Zeit den Menschen begreiflich, wozu Menschen lange lange Zeit umsonst gebraucht. Er lehrt und predigt über alle Dinge, auch über weltliche; er ists, der den Bauern im Emmental gepredigt hat, wie gut der Klee sei und wie vorteilhaft die Esparsette auf ihren Grienbüggeln in allen Jahren, besonders in den trocknen. Was sie niemanden geglaubt, das glaubten sie endlich ihrem Gott, da er es ihnen handgreiflich zeigte an den hämpfeligen Rippen ihrer armen Kühe. Und wie das Sechzehnerjahr Erdäpfel pflanzen lehrte (dieses Jahr besonders und nicht das Branntenweinbrennen, wie ein unweiser Mann behaupten will, hat den vermehrten, so vorteilhaften Erdäpfelbau hervorgerufen), so werden diese Jahre Futter pflanzen lehren im Emmental, bis die Milch bachweis fließt. Es war Wetter, wie nur Gott es machen konnte; das schnellgewachsene Heu wurde prächtig eingebracht, und auch das Korn kam gut in die Scheuern.

Die große Hitze bei der feuchten Erde mußte starke Gewitter erzeugen; besonders gewitterhaft ging der erste Hundstag vorüber, der ein Vorbild sein soll für alle übrigen Hundstage. In der Tat witterte es auch die folgenden Tage gewaltig. Den 20. Juli entlud sich ein Gewitter über die Egg zwischen Heimiswyl und Rüegsau, wie sie in dieser Gegend seit Jahren selten waren. Nicht von mächtigen Donnerschlägen will ich reden, in denen die Erde erbebte mit allem, was sie trug, sondern von den Wasserströmen, die sich über die Mannenberg-, Rachisberg-, Allmisberghöhen ergossen und zu beiden Seiten in die Täler stürzten. Was die Wasser auf den Bergen fanden, brachten sie zu Tale nieder, rissen Erdlawinen los, versandeten den Fuß der Berge und schwellten den Rüegsaubach, der sonst so bescheiden um die Füße der Rüegsauer sich windet, zu einer selten gesehenen Höhe. Er trug Holz, wälzte Felsenstücke, grub sich neue Läufe, ergoß sich über Matten, ließ zappelnde Fische zurück auf denselben, machte Straßen unfahrbar und wollte mit aller Gewalt dem Wirte zu Rüegsau in den Keller, um ihm Fuhren ins Welschland zu ersparen oder vielleicht dessen Wein dem durstigen Schachen zuzuführen. Der Wirt stund alle Leibesnot aus, den ungebetenen Gast, der weder Gold noch Silber, sondern nur Sand und Kieselsteine mit sich führte, vom Keller abzuhalten. Während das halbe Dorf teilnahm an diesem Kampfe für den Wein und gegen das Wasser, denn das ganze Dorf war dabei beteiligt, versuchte das Wasser heimtückisch einen andern Streich. Vor einem Spycher stund ein Fäßchen mit ungelöschtem Kalch, bis dorthin spülte das Wasser unbemerkt, schlich dem Fäßchen an die Füße. Da fing es an zu zischen und zu brausen in demselben, und noch eine Viertelstunde, so hätten die Leute mit Feuer zu tun und das Wasser im Keller freie Hand gehabt; aber ein kluger Mann, der seine Augen in allen Ecken hat, sah den Rauch und rief zur nötigen Hülfe.

Auf der andern Seite der Egg, Heimiswyl zu, strömten die Wasser, was sehr merkwürdig ist, wieder feindselig besonders auf einen Keller los und zwar auf den oder vielmehr die Keller des Lochbachbades. Die Wasser in ihrer Bosheit und ihrer fanatischen Wut gegen die Keller dachten nicht daran, daß den Fundamenten des dortigen Hinterhauses so unsanfte Berührungen unangenehm sein möchten. Sie stürzten sich mit fürchterlicher Gewalt dem Hause, den Kellern zu, nicht nur als ob kein Wein im Keller, sondern kein Stein auf dem andern bleiben sollte. Da war kein Wirt, der dem Wasser unschädliche Bahnen anwies, keine Dorfschaft, die, um den Wein besorgt, ihm mannlich zur Seite stund; aber beide ersetzte eine kuraschierte Hausfrau, die den Mut nicht verlor, dem Wasser sich entgegenstemmte, so gut es sich tun ließ, und schuld ist, daß der Schaden nicht größer wurde, als er ward.

Dieses Gewitter schädigte Einzelne bedeutend, ängstigte viele Leute, gab Stoff zu mancher Rede; aber daran dachte man nicht, daß es nur ein ganz kleiner Vorbote eines Riesengewitters sei, mit dem der Schoß der Wolken schwanger ging.

Es blieb heiß, und den 4. August war ein stark Gewitter. Da schien auf einmal der Sommer zu schwinden, der Herbst einzukehren, und auf wunderbare Weise teilten sie den Tag unter sich. Der Morgen war herbstlich, man glaubte der Kühe Läuten, der Hunde Jagdgebell hören zu müssen; dann ward der Abend wieder sömmerlich, und von des Donners Stimme hallten alle Berge wider. Ganze Nebelheere hatten der Schweiz sich zugezogen, waren über die Berge gestiegen, hatten in die Täler sich gestürzt und lagerten sich grau und wüst über den Talgründen und an den Talwänden. Von allen Seiten waren sie hergekommen, als ob alle Mächte der ehemaligen sogenannten Heiligen Allianz, die rings uns umgürten, vereint in ihren Ländern alle Dünste und alles die Luft Trübende zusammengeblasen und fortgeblasen hätten über ihre Grenzen weg über unsere Berge herein, daß es sich da ablagere und niederschlage zu Graus und Schrecken der armen, arglosen Schweizer. Wirklich berichten Astronomen, daß in Deutschland und besonders im Norden desselben, wo die pfiffigen Preußen wohnen, die witzigen Berliner, die unsern Herrgott morgens und abends mitleidig bedauern, weil er nicht Witze zu machen verstehe wie sie, die Atmosphäre nie so lauter und durchsichtig gewesen sei als in jenen Tagen des Augusts, wo am Morgen Nebelmassen, am Abend Wolkenmassen schwarz und schwer den Schweizern, mit denen jeder unverschämte Bälli sein Bubenwerk treiben zu können meint, über die Köpfe hingen, den Gesichtskreis trübend, das Atmen erschwerend.

Diese Massen waren nicht arglose Wölkchen, die auf sanfter Winde leichten Fittigen reisen von Land zu Land und rosenrot in der Abendröte Schein lächeln übers Land herein; diese Massen bargen Verderben in ihrem Schoße und entluden sich unter Blitz und Donner gewaltig und zerstörend.

Zuerst schienen sie nur Spaß treiben zu wollen, etwas groben freilich, so wie man ihn um den Schwarzwald herum gewohnt ist und an der Donau rauhem Strande und an der Oder superfeinem Sande. Sie jagten die Kühe auf dem Leberberge in die Sennhütten und erschreckten die Längnauer, ihnen ihre Herzkäfer, mächtige Schweine, durchs Dorf schwemmend.

Dann zogen sie, wie anno 1798 die Franzosen, vom blauen Berge weg das Land hinauf der Hauptstadt zu, trüb und feucht. Sie wetterten zwei Tage über der Hauptstadt, daß ein Teil der Hauptstädter zu zagen begann, der andere sich erboste, daß es so laut hergehe im Lande ohne obrigkeitliche Bewilligung. Und ratlos zwischen beiden Teilen stund verblüfft ein Direktor oder Präsident mit seinen zwei müßigen Sekretärs und wußte nicht recht, sollte er erschrecken oder sich erbosen; er drehte mühselig und vorsichtig in steifer Krawatte den Kopf nach beiden Seiten, um zu erforschen, was am rätlichsten sei. Aber die Blitze zuckten feurigen Schlangen gleich, der Donner schmetterte seinen Schlachtenruf, die Winde brausten ihr Loblied; sie frugen nichts nach Landjägerkommandanten, nichts nach Polizeidirektoren, sie zuckten, schmetterten und brausten als die Herren des Landes, deren Ruf und Schelten alles untertan.

Bäume brachen, Häuser krachten, Türme wankten; bleich verstummte das Menschenkind und barg seinen Schrecken in des Hauses sichersten Winkel. Und als die zornigen Wolken den Herrlein und den Fräulein gezeigt hatten, wer Meister sei im Lande, wälzten sie sich, jeden Tag von neuen Dünsten schwerer, durch neue Nebelmassen gewaltiger, noch weiter das Land hinauf. Aber zu reich gesättigt, vermochten sie sich nicht zu schwingen über der hohen Berge hohe Firnen, dem trocknen Italien und dem weiten Meere zu. Schon an den Voralpen blieben sie hängen, tobend und wild, und sprühten mit gewaltigen Wassergüssen um sich. Die Truber, die

Schangnauer, Marbacher, die Escholzmatter wurden tüchtig eingeweicht, die Röthenbacher glaubten argen Schreck erlebt zu haben. Menschenleben gingen verloren, Land wurde verwüstet. Die zwei wilden Schwestern, von ungleichen Müttern geboren, die zornmütige Emme und die freche Ilfis, stürzten in rasender Umarmung brüllend und aufbegehrend das Land hinab, entsetzten die Zollhausbrücke, und überall ward ihnen zu enge im weiten Bette. Bebend stand der Mensch am allgewaltigen Strome. Er fühlte die Grenzen seiner Macht, fühlte, daß nicht er es sei, der die Wasserströme brausen lasse über die Erde und sie wieder zügle mit kühner, mächtiger Hand. So wild und aufgebracht hatte man die Emme lange nie gesehen. Unzählbare Tannen und viel ander Holz schwamm auf ihrem grauen Rücken und erschütterte die Brücken; aber diesmal ward ihrer Gewalt ein baldig Ziel gesetzt und der grauende Morgen fand sie bereits ohnmächtig geworden.

Am Morgen des 13. Augusts erhob sich die Sonne bleich über ihrem lieben Ländchen. Der Mensch glaubte, der Schreck von gestern, als sie so schnell von dem wilden Heere überzogen ward, weile noch auf ihren blassen Wangen. Der arme Mensch dachte nicht, daß das Grauen vor dem auf der lieben Sonne Antlitz war, dessen Zeugin sie sein sollte an selbigem Tage. Es war der Tag des Herrn, und von Tal zu Tal klangen feierlich die Glocken, sie klangen über alle Eggen in alle Gräben hinein und stiegen dann in immer weicheren Klängen zum Himmel auf. Und von allen Eggen und aus allen Gräben strömte die andächtige Menge dem Hause des Herrn zu. Dort stimmte in feierlichen Klängen die Orgel feierlich der Menschen Seelen, es redete tief aus dem Herzen herauf der Pfarrer tief in die Herzen hinein, und aus manchem Herzen stiegen gen Himmel Wölkchen christlichen Weihrauchs – das Sehnen, daß der Herr einziehen möge in sein himmlisches Jerusalem, in des frommen Beters geheiligtes Herz. Vom hohen Himmel herab hörte das wüste Wolkenheer das feierliche Klingen, das sehnsüchtige Beten. Es ward ihm weh im frommen Lande. Es wollte dem Lande wieder zu, wo wohl die Glocken feierlich läuten, wo wohl viel die Menschen beten, wo aber in den Herzen wenig Sehnen nach dem Himmel ist, sondern das Sehnen nach Liebesgenuß und des Leibes Behagen. Und auf des Windes Flügeln durch Windessausen wurde allen Nebelscharen und allen Wolkenheeren entboten, sich zu erheben aus den Tälern, sich loszureißen von allen Höhen der Honegg zu, um dort, zu grauenvoller Masse geballt, durchzubrechen in das Thuner Tal und von diesem lüsternen Städtchen weg einen leichteren Weg zu finden aus dem frömmern Land ins sinnlichere Land. Sie gehorchten dem Ruf. Schar um Schar, Heer um Heer wälzte dem Sammelplatz sich zu. Von Minute zu Minute wurde dichter und grauenvoller der ungeheure dunkle Wolkenknäuel, der an die Wände der Honegg sich legte und deren Gipfel zu beugen suchte zu leichterem Durchgang für die schwerbeladene Wolkenmasse. Aber der alte Bernerberg wankte nicht, beugte sich nicht, wie ungeheuer der Andrang auch war, wie klug ein kleines Beugen auch scheinen mochte. Als die Wolkenheere, in tausend Stimmen heulend, tausendmal fürchterlicher als tausend Hunnenheere, heranstürmten, lag schweigend der Berg da in trotziger Majestät und sperrte kühn den Weg nach alter Schweizer Weise, die den Feind hineinließen ins Land, aber nicht wieder hinaus. Da hob höher und höher der Knäuel sich, aber durch die eigene Schwere immer wieder niedergedrückt, ergrimmte er zu fürchterlicher Wut und schleuderte aus seinem feurigen Schoße zwanzig züngelnde Blitzesstrahlen auf des Berges Gipfel nieder, und mit des gewaltigsten Donners Getose versuchte er zu erschüttern des Berges

Grund und Seiten. Aber der alte Bernerberg wankte nicht, umtoset von den grimmigsten Wettern, beugte sein kühnes Haupt nicht vor den zornerglühten Blitzesstrahlen.

Unten im Tale stund lautlos die bleiche Menge rings um die Häuser, im Hause hatte niemand Ruhe mehr; vor dem Hause stund neben dem blassen Mann das bebende Weib, und schauten hinauf in den gräßlichen Wolkenkampf an des Berges Firne. Schwarz und immer schwärzer wie ein ungeheures Leichentuch, mit feurigen Blitzen durchwirkt, senkte sich das Wolkenheer über die dunkel werdende Erde, und auch durch das Tal hinab fing es an zu blitzen und zu donnern. Ein langer Wolkenschweif, die Nachhut des großen Heeres, dehnte sich das lange Tal hinab, und am trotzigen Berge zurückgeprallte Wolkenmassen eilten blitzend und donnernd, geschlagenen Heeressäulen gleich, über die Häupter der Zitternden. Schwer seufzte der Mann aus tiefer Brust, ein «Das walt Gott» nach dem andern betete in dem bebenden Herzen das bebende Weib. Da zerriß im wütenden Kampfe der ungeheure Wolkenschoß, losgelassen wurden die Wassermassen in ihren luftigen Kammern, Wassermeere stürzten über die trotzigen Berge her; was dem Feuer nicht gelang, sollte nun im grimmen Verein mit den Wassern versucht werden. Es brüllte in hundertfachem Widerhall der Donner, tausend Lawinen donnerten aus den zerrissenen Seiten der Berge nieder ins Tal; aber wie kleiner Kinder Gewimmer verhallt in der mächtigen Stimme des Mannes, so kam plötzlich aus den Klüften der Honegg und der Schyneggschwand über der Donner und der Lawinen Schall eine andere Stimme wie Trompetengeschmetter über Flötengelispel. Waren es Seufzer versinkender Berge? War es das Ächzen zusammengedrückter Täler? Oder war es des Herrn selbsteigene Stimme, die dem Donner und den Lawinen gebot? Lautlos, bleich, versteinert stund die Menge; sie kannte den Mund nicht, der so donnernd wie tausend Donner sprach durchs Tal hinab.

Aber in einsamer Bergeshütte sank auf die Knie ein uralter, weißbärtiger Greis und hob die sonst so kräftigen Hände zitternd und betend zum Himmel auf. «Herrgott, erbarme dich unser!» betete er. «Die Emmenschlange ist losgebrochen, gebrochen durch die steinernen Wände, wohin du sie gebannt tief in der Berge Schoß seit anno vierundsechzig. Sie stürzt riesenhaft durch den Röthenbach ihrer alten Emme zu, vom grünen Zwerglein geleitet. Ach Herrgott, erbarme dich unser!» Er allein da oben hatte die Sage von der Emmenschlange noch nicht vergessen: wie nämlich der zu besonderer Größe anschwellenden Emme eine ungeheure Schlange voran sich winde, auf ihrer Stirne ein grün Zwerglein tragend, welches mit mächtigem Tannenbaum ihren Lauf regiere; wie Schlange und Zwerglein nur von Unschuldigen gesehen würden, von dem sündigen erwachsenen Geschlecht aber nichts als Fluß und Tannenbaum. Diese Schlange soll von Gott gefangen gehalten werden in mächtiger Berge tiefem Bauche, bis in ungeheuren Ungewittern gespaltene Bergwände ihren Kerker öffnen; dann bricht sie los, jauchzend wie eine ganze Hölle, und bahnt den Wassern den Weg durch die Täler nieder.

Es war die Emmenschlange, deren Stimme den Donner überwand und der Lawinen Tosen. Grau und grausig aufgeschwollen durch hundert abgeleckte Bergwände, stürzte sie aus den Bergesklüften unter dem schwarzen Leichentuche hervor, und in grimmem Spiele tanzten auf ihrer Stirne hundertjährige Tannenbäume und hundertzentnerige Felsenstücke, moosicht und ergraut. In den freundlichen Boden, wo die Oberei liegt, stürzte sie sich grausenvoll, Wälder mit sich tragend, Matten verschlingend, und suchte sich da ihre ersten Opfer.

Bei der dortigen Sägemühle spielte auf hohem Trämelhaufen ein liebliches Mädchen, als die Wasser einbrachen hinter dem Schallenberg hervor. Um Hülfe rief es den Vater, auf der Säge sich zu sichern, rief ihm derselbe zu vom gegenüberstehenden Hause. Es gehorchte dem Vater, da wurde rasch die Säge entwurzelt und fortgespült wie ein klein Drucklein. Das arme Mädchen hob zum Vater die Hände auf, aber der arme Vater konnte nicht helfen, konnte es nur versinken sehen ins wilde Flutengrab. Aber als ob die Sägeträmel dem Kinde hätten treu bleiben wollen, faßten sie es in ihre Mitte, wölbten ihm ein Totenkämmerlein und türmten sich unterhalb Röthenbach zu einem gewaltigen Grabmale über ihm auf. Sie wollten nicht, daß die Schlange es entführe dem heimischen Boden, sie hüteten es in ihren treuen Armen, bis nach Wochen die Eltern es fanden und es bringen konnten an den Ort der Ruhe, wo sein arm, zerschellt Leibchen ein kühles Plätzlein fand, gesichert vor den bösen Fliegen, die es im Tode nicht ruhig ließen, aber auch sein Kämmerlein den Suchenden verrieten.

Einen armen Köhler jagten die Wasser in seine Hütte, zertrümmerten ihm diese Hütte und wollten ihn weißwaschen, den schwarzen armen Mann, bis er weiß zum Tode geworden wäre; aber auf einen Trämel, der ihm durch die Hütte fuhr, setzte er sich und ritt nun ein halsbrechend Rennen mit tausend Tannen, bis er Boden unter seinen Füßen fühlte und an dem Berge hinauf sich retten konnte. Der arme Mann weiß nichts mehr zu sagen von seiner Todesangst und Todesnot, aber daß der Bach ihm seine Effekten weggenommen, aufs wenigste einundachtzig Batzen wert, und darunter zwei Paar Schuhe, von denen die einen ganz neue Absätze gehabt, das vergißt er nicht zu erzählen und wird es auch im Tode nicht vergessen.

Die Kühe in der Riedmatt hatten am Morgen ihre Meisterleute ungern gehen sehen an die Kindstaufe in der Grabenmatt, hatten ihre Häupter bedenklich ihnen nachgeschüttelt; als nun der Donner brüllte und die Wasser brausten, da retteten sie sich in eine Hütte und schauten von da wehmütig übers Wasser nach der Grabenmatt, ob der Meister nicht kommen wolle ihnen zu Rat und Hülfe. Als die Wasser die Hütte zerstießen, da riefen sie gar wehlich nach dem Meister, und vom Wasser fortgerissen, wandten sie ihre stattlichen Häupter immer noch dem erwarteten Meister entgegen, doch umsonst. Es wußtens die Kühe, wie tief ihr Elend dem Meister ins Herz schnitt, der eine der geretteten, aber schwer verletzten Kühe nicht zu schlachten vermochte, weil sie ihm zu lieb war.

Während in der Weid die Kühe verloren gingen, stunden im Hause die zurückgebliebene Magd und ein Knabe Todesnot aus. Auf den Brückstock hatten sie sich gerettet und der Knabe das Fragenbuch, in dem er in der Stube gelernt hatte, mitgenommen. Auf dem Brückstock lernte derselbe nun fort und fort in Todesangst und Todesschweiß, bis die Not vorüber war, im Fragenbuch. Das war ein heißes Lernen! Der Knabe nennt es Beten – und wird dasselbe ebenso wenig vergessen als der Köhler seine alten Schuhe mit den neuen Absätzen.

Die tiefe Furt wurde dem Bach zu enge immer mehr, er riß die Ufer immer weiter auseinander zur Rechten und zur Linken, stieg hoch hinauf zu beiden Seiten, warf schwere Steine in hohe Matten, bespülte den Fuß des höher gelegenen Dorfes Röthenbach, und gewaltige Tannen bäumten hoch sich auf, den Menschen, die sie nicht erreichen konnten, wenigstens zu drohen. Unterhalb dem Dorfe zerriß er die dortige Sägemühle und stürzte sich nun das liebliche Tälchen hinab.

Um ihre Hütten stunden dort schon lange die armen Bewohner, schauernd in dem Feuer des Himmels, welches das Tal erfüllte, die Menschen blendete, Menschen und Hütten zu verzehren drohte. Da drang das furchtbare Tosen zu ihnen heran, ihm nach alsobald stürzte schwarz die ungeheure Flut, hochauf ganze Bäume werfend, radweis schwere Trämel überschlagend vor sich her. Ein Stück des Bodens, der sie vom Bache trennte, nach dem andern verschwand. Die Flut wühlte sich um ihre Füße, untergrub des Hauses Seiten, warf Tannen durch die Fenster, erschütterte mit Trämeln den ganzen Bau, alles in wenig Augenblicken. Da wards den armen Leuten, als ob die Tage der Sündflut wiederkehrten; es floh, wer fliehen konnte, nach allen Seiten der hohen Bergwand oder hohen Bäumen zu. Mütter ergriffen ihre Kinder, Söhne trugen ihre Väter, arme Witwen führten ihre Ziegen, Andere flohen in Angst mit dem, was ihren Händen am nächsten lag, mit einem Hausgerät oder gar mit einem Stück Holz oder Laden.

Aber wer steht dort unter der Tür der Hütte, die im Wasser wankt, wankend und blaß, winkend mit den Händen, da ihr Jammergeschrei im Rollen des Donners, im Toben der Flut, im Krachen der fortgerissenen Holzmasse ungehört verhallt? Eine arme Kindbetterin ists, die vor einer Stunde ein Kind geboren, aufgeschreckt worden ist aus ihrer ohnmächtigen Schwäche durch das Brüllen der Wogen, und das Kind im Fürtuch tragend bis an des Hauses Schwelle sich schleppte, aber die Kraft nicht hatte, durch die sie umringenden Wasser sich zu wagen mit dem wimmernden Kindlein. Schon glaubte sie zu fühlen, wie der Tod kalt ans Herz ihr trete, vor den Augen flimmerte es ihr, auf den Wellen getragen wähnte sie sich; da zeigte Gott einem wackern Manne das arme winkende Weib. Der zauderte nicht, folgte dem Winke, setzte das eigene Leben ein und rettete kühn die Mutter und ihr Kind. Wohl, es gibt noch getreue Schweizerherzen!

Mitten zwischen Röthenbach und Eggiwyl stunden zwei Häuser mitten im Tale, nicht weit von des Baches flacher gewordenen Ufern; «im Tennli» nannte man die beiden Häuschen, von denen das eine ein Schulhaus war, das andere ein Krämer bewohnte mit Weib und Kindern, von denen zwei die Gabe der Sprache entbehren. Die Wasser hatten des Krämers Haus umringt, ehe er fliehen konnte mit seinen Kindern, seiner Kuh. Durch die Fenster der untern Stube schlugen gewaltige Tannenbäume, er flüchtete sich mit den Seinen in die Kammern hinauf. Aber nun erst sahen sie recht die Größe ihrer Not, die Wut der Flut, die unaussprechliche Gewalt, mit welcher die größten Bäume wie Wurfgeschütze hoch aufgeschleudert wurden und ihrem Häuschen zu, wie sie an den Fenstern vorbeifuhren und sogar das Dach über den obern Fenstern beschädigten. Sie sahen das oberhalb leerstehende Schulhaus aufrecht daherschwimmen und an der westlichen Ecke des Daches sich feststellen; es schien ein Schirm, von Gott gesandt, Holz stauchte davor sich auf, ein immer sicherer werdendes Bollwerk. Da betäubte die Hoffenden ein fürchterliches Krachen, eine Woge hatte das Schulhaus fortgerissen, mit ihm das schützende Holz. Aufs neue donnerten die Tannen Sturmböcken gleich an das schutzlose Häuschen, aufs neue gruben die Wellen dem Häuschen das Grab; es senkte sich mehr und mehr, und mit lebendigen Augen mußten die Armen immer näher schauen ins grause Grab hinab, das ihnen die wütenden Fluten tiefer und immer tiefer gruben. Sie ertrugen den Anblick nicht, er war fürchterlicher, als ein sterbliches Herz ertragen mochte. In der obern Ecke der Kammer knieten sie nieder, die Eltern die Kinder umschlingend, die Eltern von den Kindern umschlungen; dort weinten sie und beteten und bebten, und kalter Schweiß bedeckte die Betenden. Und die Kinder jammerten den Eltern um Hülfe, und die Stummen liebkosten und drängten sich an die elterlichen Herzen, als ob sie in denselben sich bergen möchten, und die Eltern hatten keinen Trost den armen Kindern als Beten und Weinen und daß sie alle mit einander untergehen, in der gleichen Welle begraben werden möchten. Über drei fürchterliche Stunden harrten sie aus, betend und weinend, litten jede Minute die Todespein, litten hundertachtzig Male die Schrecken des Todes, und die Herzen schmolzen nicht, ihre Augen brachen nicht in dieser gräßlichen Not! Der Herr hörte das Beten. Das entsetzte, untergrabene und halb eingefallene Häuschen blieb stehen, und die armen Kinder mußten nicht trinken aus den trüben Wassern. Der Mann mit seinen Kindern wird sein Lebtag an seinen Herrn im Himmel denken, den mächtigen Retter in so großer Not; sonst verdiente er, daß der Herr auch seiner nicht mehr gedächte in einer andern Not.

Von da bis zur Mündung in die Emme liegt noch manches schöne, fruchtbare Heimwesen, liegen Mühle und Säge, und gerade oberhalb der Mündung Eggiwyl. Dieses Tälchen herunter brauste die wütende Flut, durch Ströme aus jeder Bergesrinne immer höher anschwellend, in ganzer Talbreite, zerstörte die Säge, nahm im wohlbesorgten Leimegut ein Scheuerchen mit zwei Kühen weg und stürzte nun auf Eggiwyl zu. Auch hier hatten die wilden Wetter getobt auf unerhörte Weise, und als nun von obenher das Schnauben und Brüllen der Wasser den Donner überstimmte und die Blitze immer feuriger zuckten, da ergriff alle der heilige Schrecken des jüngsten Tages. Sie glaubten der Posaune Ruf zu hören, sie gedachten ihrer Sündenschuld, ihre Knie wankten, trugen sie kaum auf den nächsten Hügel; kaum vermochten sie zu beten, nicht um ein gnädiges Gericht, sondern um des Vaters Erbarmen. Unten im Dorfe hatte des Sagers Familie vor dem strömenden Regen sich in die Stube geflüchtet, nur der alte Vater war noch draußen geblieben, zu sehen, was da kommen werde. Seiner alten Frau war nicht wohl in der Stube ohne Ätti, der nicht mehr flink auf den Beinen war; sie wollte ihn holen unten im Baumgarten, wo der Alte, auf seinen Krückenstock gelehnt, in die Wetter schaute. Da brachen plötzlich die Wasser ein, erfaßten die beiden alten Leute und trugen sie der brüllenden Emme zu. Der alte Mann wurde an einen Baum geschwemmt, und kaum hielt er sich an demselben fest, sah er sein altes Fraueli bei sich vorbeitreiben, bittend die Hände aufheben, glaubte zu hören, wie sie «Ach Gott» sagte – und er konnte nicht helfen, konnte seinem alten Fraueli nicht helfen, das seinetwegen in den Wassern schwamm, mußte es in den Fluten begraben sehen, während er selbst gerettet wurde. Hat der Mann wohl die Lösung der Fügung gefunden, warum der liebe Gott sein Fraueli zu sich genommen, ihn selbst noch auf Erden gelassen hat?

Das Dorf Eggywil war bis hinauf zum Pfarrhaus überflutet, die Mühle beschädigt, aber besonders die untere Säge dem Flutendrange ausgesetzt, wo des alten Sagers Sohn mit Weib und Kind in der Stube war. Sie retteten sich mit schwerer Not hinauf auf das Futter, aber als sie die Häupter ihrer Lieben zählten, fehlte ihnen ein teures Haupt, ein rosenrotes dreijähriges Mädchen. Sie suchten es, so gut sie konnten, glaubten es endlich in den Fluten vergraben und jammerten laut um den Liebling. Den Jammer hörte endlich ein tüchtiger Mann, der, von dem Wasser überfallen, auf einem Baume geborgen saß. Der Drang, zu retten, stieg ihm zu Herzen, und er kletterte vom Baume, über wankende Trämel weg durch die schäumende Flut und durch ein Fenster in die Stube, in welcher Stühle schwammen und Tische. Er suchte da das Kind und fand es nicht. Er rief, aber kein Stimmchen antwortete ihm. Er suchte endlich im Nebenstübchen. Da fand er das Kindlein erstarrt, bis an den Hals in Schlamm und Sand eingemauert, das Köpfchen in den Unrat gesenkt, zwischen zwei Betten, wohin es die Eltern so oft getragen hatten, wenn ihm die Schlafnot angekommen war, und wo es jetzt Rettung gesucht haben mochte in seiner Wassernot. Der unerschrockene Mann machte sachte das Kindlein los, trug es den gleichen Todesweg zurück, ohne daß der Fuß ihm bebte oder stärker das Herz ihm klopfte. Erst als er das Kindlein legte in der Mutter Schoß und dem Vater die stille Freude aus den Augen glühte («als der Vater ihm um den Hals fiel», pflegt man sonst in solchen Fällen zu schreiben; aber ein Eggiwyler nimmt wohl den andern bei dem Hals, aber daß ein Eggiwyler dem andern um den Hals gefallen sei aus Zärtlichkeit, weiß man sich seit Mannsgedenken nicht zu erinnern), da klopfte dem mächtigen Manne doch stärker das Herz und trieb ihm die Röte ins Gesicht. Ein inneres Etwas sagte ihm, der himmlische Vater hätte gesehen, was er getan, und das werde ihm wohlkommen an jenem Tage, dessen Einbrechen sie heute erwartet, der jeden erreichen wird zu der Stunde, die der Vater festgesetzt hat.

Das Mädchen kam wieder zu sich, blühte noch in selber Nacht einem Röschen gleich und verlangte dringend zu Großmüetti ins Bett. Ach, das arme Kindlein wußte nicht, wie naß und kalt dem Großmüetti gebettet worden war.

Der Zusammenfluß der Emme und des diesmal mächtigeren Röthenbaches war fürchterlich, der ganze Talgrund ward angefüllt mit wütenden Wassern, bedeckt mit Holz und Häusern, zwischen denen eine Kuh oder ein Pferd seinen betäubten Kopf nach Rettung emporhob. Wie die tausend und tausend Stücke Holz, ganze Tannen mit ihren Wurzeln, ästige Bäume, hundert Fuß lange Bautannen, Trämel von drei Fuß im Durchmesser, die Schwellen- und Brückenhölzer, die Hausdächer, die Spälten alle den Weg fanden im engen Bette der Emme durch das dichte Schachengestrüpp, das meist an beiden Seiten des Flusses sich hinzieht, könnte niemand begreifen, wenn man nicht bedächte, welche ungeheure Gewalt die Holzmasse riß durch Dick und Dünn, eine Gewalt, entstanden eben durch die unnennbare nachdringende Holzmenge und die furchtbare Wassermasse, geschwängert mit fetter Erde und darum doppelt so schwer und doppelt so gewaltig.

Keine Tentsche schützten das Land, hie und da brach auch kein Schachen mit seinem Unterholz den Zug des Stromes, darum wankte in der Holzmatt das dortige Krämerhaus im Wasserstrome, darum überschüttete er das schöne Dippoldswyl, riß dem reichen Zimmezeier ein Scheuerchen um und zahlte ihn dafür mit Sand und Steinen aus. Untenher wendet sich die Emme von der rechten Talseite auf die linke in kurzer Beugung. Wenige Schritte untenher der Beugung, ohne Schutz, fast in gerader Richtung mit der Emme oberm Lauf stunden zwei Häuser, von denen eins wieder ein Schulhaus war. Hier nun stürzte die Hälfte der Emme, krumme Wege hassend, gerade fort, zertrümmerte das eine Haus, jagte durch das Schulhaus Trämel, als ob es Kanonenkugeln seien, und ergoß sich über das fruchtbare Horbengut, mehr als zwölfhundert Korngarben mit sich schwemmend.

Der andere Teil der Emme stürzte sich unter der schönen Horbenbrücke durch, wo kein Joch den Wasserstrom hemmte, das Anhäufen des Holzes erleichterte. Und doch war es der halben Emme zu eng unter dem weiten Bogen, sie wühlte sich um die Brücke herum, würde in kurzer Zeit den Brükkenkopf weggerissen, die Brücke in die Wellen gestürzt haben, wenn nicht jede irdische Gewalt ihr Ende fände und also auch der Emme Macht und Gewalt. Sie rührte bei der Äschausäge das Holz untereinander und strömte durch Stall und Stuben, sie erbarmte sich des schönen Ramseigutes nicht, wurde erst recht wild, als der noch nicht abgebrochene mittlere Satz der unglücklich angefangenen Bubeneibrücke ihren Lauf hemmte, und überströmte dort fürchterlich.

Wie es den armen Leuten allen durch alle die Schächen nieder in all-den schlechten, ärmlichen Häuschen ward, als der gestrige Schreck in dreifachem Maße wiederkam, als der Strom so plötzlich sie überflutete, Leben und Habe gefährdend, und niemand wußte, wohin sich retten, welches Ende der Vater da oben der Not gesetzt, das kann ich nicht beschreiben. Ginge einer aber von Häuschen zu Häuschen, er würde vieles vernehmen und in jedem Häuschen Neues, Rührendes und Schönes, Heldenmut von Mann und Weib, Gottesfurcht bei Jung und Alt; er würde hören von manchem Gewissen, das aufsprang im Donner der Fluten, von manchem Glauben, dem die gewaltigen Wogen nicht nur des Hauses Türe, sondern auch des Herzens Pforten sprengten zu offenem, weitem Eingang. Aber das alles so recht schön und treu zu erzählen, wäre schwer.

Ich aber bin nicht gegangen von Häuschen zu Häuschen, sondern nur der Emme nach, sah, wie furchtbar sie wider Schüpbach anrannte und wieder in der dortigen Beugung die Säge teilweise zerstörte, die Brücke zerriß, in immer wütenderem Laufe den Emmenmattschachen überschwemmte, die dortige Straße durchbrach und, die heute mattere schwesterliche Ilfis verächtlich beiseite schiebend, der Zollbrücke zustürzte, um dort das gestern angefangene Werk zu vollenden.

Sie kam gerade noch zu rechter Zeit, um den dortigen Arbeitern die Mühe des Abbrechens zu ersparen und einer Schar Neutäufer tückisch den Übergang zu wehren, boshaft ihnen Wasser um die Füße wirbelnd zu abermaliger Taufe, trübes freilich, aber wie es zu ihrer Lehre paßt, nach welcher der O..bach-Sameli bald ihr heiligster Heiliger werden wird. Mit gewaltigen Armen riß sie die Brücke weg, trug sie spielend fort, als ob sie dieselbe bei der berühmt gewordenen Wannenfluh aufführen wolle; doch zertrümmerte sie dieselbe obenher. Bei der Wannenfluh erbarmte sie sich Menschen und Vieh, spülte die damals zu schmale Straße, auf der Menschen den Hals, Pferde die Beine gebrochen hätten, teilweis fort und nahm den Rest von zirka zwanzigtausend bis dreißigtausend Franken Lehrgeld, welches der gute Stand Bern ihr zahlte, damit sie seine mit zweitausend bis dreitausend Franken besoldeten oder betaggeldeten Ingenieurs schwellen und straßen lehre, in Empfang.

Der teure Kot, den sie da verschluckt hatte, würgte sie, sie spie ihn zu beiden Seiten wieder aus, rechts, wo der sich alles einbildende X. keine Schutzmauer nötig gefunden hatte, über das Ramseigut, links über den Schnetzischachen, wo ihn die liebe Republik noch einmal bezahlen mußte und wahrscheinlich wieder teuer. Dem aber frug die wütende Emme nichts nach, wahrscheinlich ebenso wenig als die, für welche der Staat das Lehrgeld bezahlt.

Wo keine Felsen ihr im Wege stunden, ging sie in nie gesehener Fülle über beide Ufer weg, trug die größten Tannen über die höchsten Tentsche und jagte sie mit rasender Gewalt durch die Schächen. Eben diese Wasserfülle hauptsächlich bewahrte die untere Gegend vor unendlichem Unglück, vor einem Durchbruch der Emme, einem Ergießen des Hauptstromes durch eingerissene Schwellen und Dämme ins freie Land hinaus. Wäre der erfolgt, dann wären Dörfer zugrunde gegangen und viel mehr Menschenleben, indem man in Ebenen dem Wasser nicht entfliehen kann wie in Tälern, wo die zwei Seitenwände wenige hundert Schritte auseinanderliegen. So ergoß die Emme nicht an einem Orte, sondern fast allenthalben und zu beiden Seiten ihren Überfluß, so entlud sie sich auch einer Masse Holz, die, im Strome geblieben, noch manche Brücke zerrissen hätte. Auf die armen obrigkeitlichen Schwellen und Arbeiten hatte es die Emme mit besonderer Bosheit abgesehen, wahrscheinlich weil die für den Staat Schwellenden sie frecherweise ein klein Mühlebächlein genannt hatten. Am Fuße von Lützelflüh lag auch eine Schwelle, die trotz allem Warnen auf neue Mode, das heißt auf Sand gebaut worden war; schon lange lag sie im traurigsten Zustande, aber man sagte es nicht gerne, und zu klagen hielt der Respekt die untern Besitzer ab. Aber der verhöhnte Eggiwylfuhrmann kannte keinen Respekt, er zerstörte die letzten Reste dieser traurigen Schwelle und nahm eine Ecke Land mit sich. Zum rechten Einreißen hatte er keine Zeit, sonst hätte diese teure, aber traurige Schwelle auch noch ein teures Ende genommen.

Auf der Brücke zu Lützelflüh stund eine bange Menge. Hier und obenher hatte man ein Anschwellen der bereits verlaufenen Emme nicht geahnet. Wohl sah man seit drei Uhr einen schwarzen Wolkensaum an den obern Bergen, sah Regen dort und Blitze und hörte hie und da einen dumpfen Donner; kleine Tropfen waren gefallen, ein schöner Regen strich gegen Abend übers Land, und gelassen rüsteten die Männer ihre Tubakpfeifen, um einem Schoppen nachzugehen. Oh, wenn der Mensch wüßte in jeder Stunde, wie es andern Menschen wäre zur selben Stunde, dann wäre ihm selten mehr eine glückliche Stunde vergönnt!

Auf einmal erscholl der Emme Gebrüll in dem friedlichen, sonntäglichen Gelände. Man hörte sie, ehe sie kam, lief an die Ufer, auf die Brücke. Da kam sie, aber man sah sie nicht, sah anfangs kein Wasser, sah nur Holz, das sie vor sich her zu schieben schien, mit dem sie ihre freche Stirne gewappnet hatte zu desto wilderem Anlauf. Mit Entsetzen sah man sie wiederkommen, so schwarz und hölzern und brüllend, und immer höher stieg das Entsetzen, als man Hausgeräte aller Art daherjagen sah: Bütten, Spinnräder, Tische, Züber,

Stücke von Häusern, und diese Trümmer kein Ende nahmen und der Strom immer wilder und wilder brauste, immer höher und höher schwoll. Wo ein fühlend Herz war, das brach in Jammer aus über das entsetzliche Unglück, dessen Zeugen der Täter selbst an ihren Augen vorbeiführte.

Dem wilden Strome war auch diese Brücke im Wege. Er stürmte mit Hunderten von Tannen an deren Jöcher, schmetterte Trämel um Trämel nach, stemmte mit großen Haufen Holz sich an, schleuderte in wütendem Grimme ganze Tannen über diese Haufen weg an die Brücke empor wie Schwefelhölzchen, brachte endlich das Dach einer Brücke und verschlug damit die Bahn zwischen beiden Jöchern. Da krachte die Brücke, und hochauf spritzten die Wasser mit jauchzendem Gebrülle. Ein jäher Klupf ergriff die auf der Brücke Weilenden, kaum trugen die zitternden Glieder sie auf sichern Grund; ein angstvoll Bangen klemmte die Herzen der Umstehenden zusammen, die Stimme stockte in des Menschen Brust. Der Nachbar faßte am Arme den Nachbar, und nur ein einzelnes «Jetzt, jetzt!» wurde hörbar unter der lautlosen Menge. Die Brücke wankte, bog sich, schien klaffen zu wollen fast mitten voneinander; da zerschlug der Strom in seiner Wut sein eigen Werk, schmetterte einen ungeheuren Baum mitten an das schwellende Dach. Nun borst statt der Brücke das Dach und verschwand unter der Brücke in den sich bäumenden Wellen. Es war der Durchgang wieder geöffnet, es ward wieder frei die Stimme in der Menschen Brust, und jede frei gewordene Brust brachte ein «Gottlob» zum Opfer dar. Es wußten diese Menschen, daß man das Ärgste erwarten muß, wenn blinde Wut sich selbst den Weg verlegt. Aber wo das Ärgste droht, da hilft oft Gott; er gebeut, und die machtlose Wut, die sinnlose Leidenschaft zerstört durch eigenes Beginnen die eigenen Zwecke.

Tobend wütete die Emme das Tal hinunter, viele hundert

Fuß breit, fast von einem Emmenrain zum andern, Hasle und dem Rüegsauschachen zu. Dort hatten die Winkelwirtschaften sich längst geleert, männiglich ängstlich die dreifach gejochte Brücke verlassen, die mit ihren engen Zwischenräumen den Holzmassen den freien Durchgang wehrte. Hier wie an allen obern Orten dachte kein Mensch an Maßnahmen zur Sicherung der Brücken, wie es doch in früheren Zeiten üblich war und namentlich bei der Haslebrücke. Die gehemmte Emme bäumte Tanne auf Tanne, Trämel auf Trämel, bis weit oberhalb der Brücke türmten sich die krachenden Holzhaufen. Zu beiden Seiten strömten nun die Wasser aus mit immer steigender Gewalt und suchten dem Strom eine ungehemmte Bahn. Noch einige Minuten, und ihr Beginnen wäre auf der Hasleseite gelungen. Es harrten in den Schrecken des Todes die Kalchofenbewohner der einbrechenden Wasserflut, welche die ganze Oberburgebene verwüstet, ein neues Bett sich gegraben hätte. Es flohen die Rüegsauer durch das steigende Wasser, und überall war ein Beten, daß die Brücke doch voneinandergehen möchte, und die Betenden erhielten den Beweis, daß Gott oft Gnade für Recht ergehen läßt. Die Brücke brach in zwei Teile, diese kreuzten sich majestätisch mitten auf der Emme, schwammen aufrecht einige hundert Schritte weit hinunter, pflanzten dort nicht weit von beiden Ufern sich auf, stellten das Bild zweier zerstörten Sägemühlen dar, und unglaubliche Holzmassen fingen sich an denselben. Mitten auf dem Grunde, gegenüber Hasle oder etwas unterhalb, lagerten sich ebenfalls furchtbare Holzstöße ab, schwellten die Emme wieder, die weiter oben einen Einbruch versuchte, aber zu rechter Zeit von versuchten Männern daran verhindert wurde.

Nachdem oberhalb Burgdorf holzsüchtige Jungens, angeführt von kühn im Wasser plätschernden, gespregelten Schenkeln, den Mut gehabt hatten, von der wilden Jungfrau eigenmächtig den Holzzehnten zu erheben, schnob diese um so empörter die Bürger Burgdorfs an. Diese vergaßen diesmal das Tändeln mit der Jungfrau, ja vergaßen fast, einen Witz zu reißen, und schirmten mannlich und glücklich Brücken und Häuser. Nur hielten sie es nicht der Mühe wert, für die lockere Schinderbrücke, die seit Menschengedenken eine lockere war und wahrscheinlich in Ewigkeit eine lockere bleiben wird, damit man in der soliden Zeit nie vergesse, was locker für ein Wort gewesen, ihr Leben zu wagen.

Verächtlich eilte sie über die niedere Kirchberger Brücke weg, die mit dem Bauche fast auf dem Grunde ruht; was nicht unter ihr durch mochte, sprang lustig über sie hin. Sie wußte, es wäre in Utzenstorf viel zu löschen und abzukühlen gewesen, auch kannte sie ihren alten Weg, auf dem sie in den sechziger Jahren mitten durchs Dorf gegangen und beim Spritzenhaus einen Mann ertränkt hatte, noch gar wohl; allein eigener Wogendrang trieb sie geradeaus, und nur ein klein Brücklein nahm sie weg. Den Bätterkindern goß sie eine gute Portion Wasser über ihr Büchsenpulver. Den Wylerern vertrieb sie für einige Zeit die Lust zum Wässern, aber nicht zum Prozedieren; den Herren von Roll zu Gerlafingen schonte sie, die waren ihr zu gute Kunden, um ihre Schwellen und Dämme verderben, dem Kanton das Holz verwässern zu helfen. (Es nimmt einem doch wunder, was die Solothurner für ein Gewissen haben. In ihrem Kanton erlauben sie keinem Berner, an ihren Fyrtigen zu arbeiten, die den Berner doch nichts angehen; ungeniert ziehen sie aber an unserem und ihrem Sonntag mit ihren wüsten Banden Emme auf und ab durch unsern Kanton und ärgern alle Leute. Kömmt euch dann euer Glaube nicht nach in unsern Kanton, oder glaubt ihr, es gebe keinen Sonntag in unserem Kanton? Das könnte aber, nach der herrschenden Erbitterung zu schließen, ein baldiges trauriges Ende nehmen

Leute, laßt doch die Emme am Sonntag ruhig, stört sie nicht mutwillig, sonst zeigt sie euch wieder, was sie am Sonntag kann, und läßt auch euch am Sonntag nicht ruhig.)

In Biberist hatte sie Lust, die Abweissteine am dortigen Stutz, die seit Jahren daliegen, ohne daß sie jemand aufgerichtet hätte, zurechtzusetzen. Wahrscheinlich fiel ihr ein, das «Solothurner Blatt» werde vielleicht einmal seine Nase nicht nur in andere Kantone stecken, sondern auch in den eigenen Kanton und dort dahin, wo es not täte, an den Biberiststutz zum Beispiel; darum eilte sie vorbei und brünstig in die Arme ihrer älteren Schwester. Auch diese hatte durch die Zull und Rothachen einen Teil der Wasser empfangen, die über die Gipfel der Berge eingebrochen, aber auf der West- und Südwestseite niedergestürzt waren. Vereint trugen Beide Trümmer weit ins Aargau, bis in den Rhein hinunter. In Aarau wurde ein Brett der Schüpbachbrücke mit folgender Inschrift aufgefangen: «Ich bendicht Dälenbach brugvogd zu der Zit Schüpach han im namen der zweien Uirteln dise brüg lasen bon 1652.»

Nach einem unendlich langen Abend lagerte endlich die Nacht über der Erde sich. Wolken bedeckten den Himmel. Was dem Auge verhüllt ward, das kam mit dreifachem Grausen durch das Ohr zum Bewußtsein des Menschen. Da rissen die Wolken auseinander, und durch die Spalte sah der Mond nieder auf die Wasserwüste; seine blassen Strahlen erleuchteten Streifen des schauerlichen Bildes. Man sah Wogen spritzen, Tannen im Wasser sich bäumen riesigen Schlangen gleich, sah ganze Bäume ihre Äste hervorrecken aus dem flimmernden Wellenschaum, man glaubte Kraken ihre ungeheuren Arme ausbreiten zu sehen in dem ungewohnten Wasser. Bald verhüllte der Mond sich wieder, ergraut darüber, was seine Strahlen enthüllten, und das ganze Bild versank in schwarze Nacht.

Da gingen die Menschen, die Einen ihren Häusern zu, Andere zur Labung, und weil die angefüllte Brust noch der Rede bedürftig war, einem Schoppen nach; Wenige blieben, zu wehren und zu wachen, in der Nähe des Flusses, der in dem Maße, als seine Wut schwand, an Heimtücke zunahm.

Wo Menschen sich fanden, da war bange Nachfrage nach den Übeltaten, die der Fluß unten und oben im Lande ausgeübt. Wie auf Windesflügeln flog die Kunde den Fluß hinauf, den Fluß hinab; man wußte nicht, woher sie kam, wußte nicht, wer sie brachte, augenblicklich war sie in aller Ohren, und jeder Mund sprach sie gläubig nach. Röthenbach, Eggiwyl, Schüpbach sollten zerstört, Äschau, Bubeneisägen weggenommen, ungezählte Menschenleben verloren gegangen sein; man nannte Viele und die Weise ihres Todes. Mit der Rüegsaubrücke seien nicht weniger als fünfzig Menschen dem Tode verfallen, mit dem Lochbachsteg ebenfalls Menschen dem Fluß zur Beute geworden, so lauteten die Nachrichten, und wie die Brücken zu Burgdorf, Kirchberg, Bätterkinden gebrochen worden, wußte man ganz genau. Zur Bestätigung des Unglaublichen, was anderwärts vorgegangen sein sollte, erzählte man sich das Unglaubliche, was man mit eigenen oder befreundeten Augen gesehen haben wollte. Auf der Brücke zu Lützelflüh erzählte man sich von Kühen und ihrem Gebrüll, von einem Kinde in der Wiege, von Männern auf einer Tanne, welche alle sichtbarlich unter der Brücke durchgefahren sein sollten. Man erzählte: Auf dem Klapperplatz hätte die Emme eine Bäurin samt Roß und Bernerwägeli fortgerissen, und diese Bäurin sei mit Roß und Wagen unter der Brücke durchgefahren, das Roß noch eingespannt und lebendig vorauf, die Bäurin bolzgrad, munter und fett hinten auf dem Sitz, das Leitseil in der einen Hand, aber mit der andern hätte sie mit einem roten Nastuch sich die Augen ausgewischt. Ja, man erzählte: Auf einem aufrechtstehenden Kirschbaum sei einer dahergeschwommen gekommen, in seiner Angst hätte er immerfort gekirset, so stark er konnte; den eben voll gewordenen Kratten hätte er über die Brücke hereinreichen wollen. Solches erzählte man an Ort und Stelle, wo es geschehen sein sollte. Niemand hatte es selbst gesehen, und doch wurde das Meiste geglaubt, nur das letzte Müsterlein wollte Vielen doch gar zu unghürig vorkommen.

Es ist eine merkwürdige Sache, wie bei allen großen Unglücksfällen an Ort und Stelle noch während denselben oder doch unmittelbar darauf Dinge erzählt werden, ob denen einem die Haare zu Berge stehen, lauter Lug sind, erzählt, geglaubt werden von Mann zu Mann, und woher sie kommen, wird nie ergründet. Es verzehrte einmal das Feuer ein ganz Städtlein. Um die Mitternachtstunde hatte der Blitz eingeschlagen, um fünf Uhr morgens erzählte man sich an Ort und Stelle folgende Dinge: Ein einzig Kind sei verbrannt, man wisse nicht wo und wie; ein Weib sei erschlagen worden von einer zu einem Fenster herausgeworfenen Kommode; ein durch viele Brandwunden scheußlich zugerichtetes Weib hätte einen Mann dringend um den Tod gebeten, der habe unbsinnt sein Sackmesser genommen und es dem Weibe in die Brust gestoßen; der Pfarrer sei ganz feurig seinem Hause entronnen, und in einem Wirtshause sei eine große Kammer ganz voll Handwerksbursche gewesen, die seien alle mit Haut und Haar verbrannt. Und von allem diesem war keine einzige Silbe wahr.

So wie dieses geschieht, wird auch selten ein bedeutend Unglück sich ereignen, dessen Ankündigung man nicht durch besondere Zeichen will vernommen haben. Als am Abend der großen Wassernot die Leute bei ihren Schoppen zusammensaßen, die Neuigkeiten alle verhandelt waren und die Nacht mit ihrem geheimnisvollen Schauer näher und näher ihrer Mitte zurückte, sagte einer: Man hätte es eigentlich wissen können, daß es etwas Furchtbares geben werde. Ein Holzhändler hätte ihm erzählt, er sei in den letzten Tagen auf den Bergen hinter Röthenbach gewesen und hätte dort Kröten oder Frösche auf Tanntschupplene angetroffen, und wenn diese Tiere in die Höhe sich flüchteten, so sei dies ein untrüglich Zeichen, daß sie nicht mehr sicher auf der Erde seien, das fühlten sie lange voraus. Das komme ihm kurios vor, sagte ein Anderer, doch hätte auch er es bestimmt vorausgewußt, daß die Emme groß kommen werde, nur auf eine andere Art. Er habe nämlich letzthin um Mitternacht an der Emme Pfähle schlagen hören, auch in Rüederswyl habe man es deutlich vernommen, und das sei das gewisseste Zeichen von einer nahen außerordentlichen Wassergröße. Davon hatten die Meisten auch gehört, äußerten ihren Glauben an diese Vorbedeutung, aber auch ihre Neugierde, was eigentlich denn dieses Pfähleschlagen sei und woher es rühren möge.

Einer, dem man es ansah, daß sein Geldsäckeli bei weitem nicht so groß sei wie sein Durst, sagte: Wenn man ihm einen Schoppen zahle, so wolle er verzählen, was das sei. Er hätte es oft von seiner Großmutter erzählen hören, die hätte aber auch mehr gewußt als andere Leute und es allemal voraussagen können, wann die Emme groß kommen werde. Des Handels wurde man bald einig, und Folgendes vernahm man:

«Vor vielen tausend (hundert wollte er wahrscheinlich sagen) Jahren ist das Schloß Brandis nicht da gestanden wo das, welches im Übergang verbrannt ist, sondern auf dem darüberliegenden Hügel ob dem Burgacker, von wo man weit hinaussah ins Land und in viele Gräben hinein. Zur selben Zeit wohnte in dem Schlosse ein gar grausamer Zwingherr, der seine Leute ärger behandelte als das Vieh. Das ganze

Jahr durch mußten seine Lehensleute oder Leibeigenen für ihn bauen, jagen, pflügen, fischen, holzen usw. Er war grausam reich, und alles Land weit und breit gehörte ihm. Er saß ganze Tage auf hohem Turme und schaute über all sein Land weg, wie seine Bäuerlein arbeiteten für ihn, und wenn er eins nicht emsig genug glaubte, so geißelte er es abends im Schloßhofe mit eigener Hand oder sprengte flugs auf seinem fuchsroten Hengst an ihns hin und schlug es, daß die Steine hätten schreien mögen. Nicht halb genug gab er ihnen dazu zu essen, sie mußten dann noch zu Hause den Weibern und Kindern wegessen, was diese mit Not und Mühe für sich gepflanzet hatten. Selten einen Tag hatte ein Mann, um für sich zu arbeiten, und doch sind sie ihm das laut ihren alten Pergamentbriefen nicht schuldig gewesen. Aber wenn einer ein Wort nur redete von diesen Briefen oder daß ihm sonst etwas nicht recht sei, so warf ihn der Zwingherr ins Turmloch und ließ ihn dort unter Kröten und Schlangen verrebeln. Man soll diese Gefangenen oft bis ins Tal hinab haben schreien und lamentieren hören.

«So hätten die armen Leute auch einen ganzen Winter nichts für sich arbeiten können, nicht einmal holzen, geschweige dann schwellen an der Emme, und doch sei die Schwelle ganz weggewesen, und schon im vergangenen Herbst hätte die Emme großes Unglück angerichtet und den Leuten alle ihre Erdäpfel verderbt (der nimmt, wie Viele, die Erdäpfel auch als eine Naturnotwendigkeit an, die so wenig je hätten fehlen können als die Sonne). Das sei gerade obenher gewesen, wo jetzt die Farb und Bleiche ist.

«Da hätte der Müller eines Abends gemerkt, daß der Flühluft komme über die Berge vom warmen Italien her und daß der Steigrad von oben bis unten sein schwarz Wegli bekommen hätte, das sicherste Vorzeichen hilben Wetters. Marei, habe er seiner Frau gesagt, morgen soll ich für den

Herrn Steine führen von Oberburg, aber das darf ich nicht. Schon schmilzt der Schnee, grausam viel liegt in den Flühnen; wenn nicht geschwellt wird, so nimmt die Emme mir Haus und Mühle weg. Ich will aufs Schloß und es dem Herrn sagen; so viel Verstand wird er doch haben, daß er das begreift, ist die Mühle doch so viel sein als mein. Uli, habe seine Frau gesagt, dahin gehe mir bei Leib und Sterben nicht; es ist besser, die Emme nehme dir die Mühle weg, als der Herr schlage dir den Gring ein. Mühlene gibt es noch viele, aber Kopf bekömmst du keinen andern mehr.

«So disputierten sie die halbe Nacht mit einander, aber der Müller gab der Frau nicht nach. Am Morgen zeitlich machte er sich auf und betete noch in der Kirche zu Lützelflüh zwei Vaterunser; denn zur selben Zeit beteten nicht nur die Müller noch, sondern sogar die Wirte. Der Müller war ein mächtiger Mann mit Achseln wie Tennstore, aber doch wurden ihm die Beine schwer, als er den Schloßberg auf ging. Im Hofe bellten Hunde, Pferde wieherten, die Knechte waren gerüstet mit Spieß und Schwert, und ein Bäuerlein stund unter ihnen. Der hatte Bericht gebracht, daß er zwei Bären gesehen hätte in der Nacht beim Mondschein draußen auf der Egg, wo jetzt Neuegg, nicht weit von der Hölle, liegt. Der Herr war aufgefahren aus dem Bette, hatte Jagd befohlen, befohlen, so viel Bäuerlein zusammenzutreiben, als in der Eile möglich wäre; denn er lechzte nach Bärenstreit und Bärenfleisch, und an Bauernfleisch war ihm nicht viel gelegen.

«Zugleich mit dem Müller kam er in den Hof, rasselnd mit Schwert und Sporen, fast sieben Schuh hoch und mit roten Augenbraunen fast fingerslang. Mit seinen grauen Augen blitzte er durch den Schloßhof, und mit seiner Löwenstimme ließ er manches Donnerwetter erkrachen über die Knechte, die ihm zu langsam geschienen hatten in seiner Bärenbrunst. Da trat ihm bescheiden der Müller ins Gesicht und bat drungelich, daß der hohe Herr ihn doch an diesem Tage möchte zu Hause lassen mit noch Einigen, um zu schwellen; der Flühluft gehe, und der Steigrad habe ein schwarzes Wegli, breit fast wie der Schloßweg, und schon regne es warm von den Bergen her, und Schwelle sei keine mehr, wie der gnädige Herr wisse.

«Mit dem eisernen Handschuh schlug der Ritter dem Müller aufs Maul und befahl ihm, statt Steine zu führen, die Bären treiben zu helfen. Der Müller wollte einreden demütiglich, aber der Ritter, schon zu Roß, schlug ihn auf den Kopf mit der Eisenfaust, trieb ihn mit bäumendem Roß zum Tor hinaus, und voran durch den schmelzenden Schnee mußte der Müller dem Ritter. Mit altem Buchenlaub wischte der Müller sein blutend Gesicht ab, aber sein wutblutendes Herz konnte er mit keinem Laub abwischen.

«Die Bärenspur war bald gefunden, sie führte gerade in die Hölle. Die Schlucht ward umgangen, die Jäger verstellten sich, die Bäuerlein fingen an zu treiben; die Hunde blieben gekoppelt. Der Ritter wagte lieber Bauern als Hunde an die gefährliche Jagd. Die Bären hielten hart, wie kein Wild gerne ein trocknes Lager verläßt, wenn der Sturm beginnt. Endlich stürzten ganz nahe vor den Treibern beide aus dem finstern Schlund und beide schnurstracks auf den Ritter zu. Der stellte sich ihnen entgegen wie eine Mauer und wehrte sich handlich mit Schwert und Spieß. Aber zwei wütende Bären sind doch mehr als ein Ritter, der, abgesessen vom Pferd, darhalten muß. Der Müller sah des Ritters Drangsal, und als biederer Schweizermann gedachte er nicht an das Vergangene, sondern nur, daß ein Mensch in Bärennot sei; er sprang dem Ritter zu Hülfe, und schnell waren die Bären gefällt.

«Der Ritter saß wieder hoch zu Roß, auf Schlitten waren die Bären gelegt, die Bäuerlein zogen die Schlitten; der

Müller zog mit an den Schlitten, und kein Wort des Dankes hatte ihm der Ritter gesagt. Sie hatten ein mühselig Ziehen; der mit warmem Winde gekommene Regen hatte nicht nur den Schnee geschmolzen, sondern auch den Boden aufgeweicht, und des Müllers Kraft war nötig. Als sie diesseits Schaufelbühl hervor gegen die Hochwacht kamen, sahen sie wütend die Emme und bereits eingebrochen durch den Farbschachen niederfluten. Da ließ der Müller ungefragt seinen Schlitten fahren, stürzte durch den Wald ins Tal nieder den nächsten Weg seiner Mühle zu. Aber schon fand er seine Mühle nicht mehr, fand oben an der Halde Weib und Kinder, aber der Säugling fehlte. Nachbarn hielten das verzweifelnde Weib, das in die Fluten sich stürzen wollte dem ertrunkenen Kinde nach. Lautlos, mit gerungenen Händen stund der Müller an der Halde Rand über dem wilden Wasser. Da kam auf fuchsrotem Hengst der Ritter angesprengt und drang mit Toben und harten Reden auf den Müller ein, daß er unbefugt den Schlitten verlassen. Der aber hob seine geballten Fäuste zum Ritter auf und nannte ihn Kindesmörder und des Teufels leibhaftigen Sohn. Da schmetterte des Ritters Streitaxt auf seinen Retter nieder, und rücklings mit gespaltenem Schädel stürzte dieser die Halde hinab in die wilde Flut. Da hob die Müllerin ihre Hände zum Himmel auf und verfluchte den Ritter, daß er keine Ruhe im Grabe haben solle, sondern Emme auf und ab schwellen müsse in dunkler Nacht bei drohender Wassergröße, und stürzte sich dann ihrem Mann und ihrem Kinde nach in die Wellen. Lange noch sah die betäubte Menge blutige Kreise von des Müllers gespaltenem Schädel das Wasser nieder ziehen und neben ihnen hoch aufgestreckt die fluchende Hand der Müllerin. Aber trotzig, würdig seines trotzigen Geschlechtes, ritt der Ritter heim, und trotzig gebärdete er sich je einen Tag wie den andern. Aber eine unsichtbare

Gewalt schien den mächtigen Leib zu verzehren, er fiel alle Tage sichtbarlich zusammen, und ehe das Jahr um war und der Flühluft wieder kam von den Bergen her, war der trotzige Freiherr von Brandis begraben zu Lützelflüh. Dort liegt er tief in der Kirche Chor, sein Grabmal sieht man nicht. Aber wenn der Flühluft über die Berge weht, wenn der Steigrad den schwarzen Streifen zeigt, wenn heiße Dünste wettern wollen in den Bergen, so regt es sich und stöhnt in des Ritters Grabe. Er muß auf, muß fassen mit seiner knöchernen Hand die schwere Streitaxt, muß in seinem eisernen Gewande die Emme auf und ab, die roten Augenbraunen flatternd im Nachtwinde. Wo er lockere Pfähle sieht, da muß er hämmern mit seiner Streitaxt, muß neue einschlagen, wo die Not es will, der Mensch sie nicht gewahrt, muß durch sein Hämmern, das schauerlich widerhallt an den Felsen durch die Nacht, die Anwohner warnen, zu wehren und zu wahren zu rechter Zeit der Emme Schwellen und ihr Eigentum, und muß dann stehen da, wo er den Müller erschlagen, bis er wittert Morgenluft, bis von der Mühle herauf der Hahn kräht, dann erst darf er wieder in seines Grabes Moder.

«Die Familie schmerzte dieser Bann, um schwer Geld sollte ein kundig Mönchlein ihn lösen; denn der Glaube, daß mit Geld und Gewalt alles zu machen sei, hatte sie so trotzig gemacht. Der aber sprach nach langem Forschen: Dieser Fluch löst sich nicht, bis die Emme zahm wird, bis sie keine Schwellen mehr braucht, bis kein Herr einen Müller drückt, bis kein Müller sich ob fremdem Mehl vergißt.

«Da erschrak die Familie, verkaufte Haus und Hof und verließ das Land; sie wollte den grauenvollen Ahnherren nicht schwellen und hämmern hören von hohem Schloß in dunkler Nacht an den Schwellen und Wehren ihrer Leibeigenen. Aber dableiben mußte der Alte und schwellt fort und fort, denn wann wird wohl der Fluch sich lösen?»

So sprach der Bursche, der unterdessen mehr als einen Schoppen getrunken hatte, aber viel weitläufiger, als es hier zu lesen ist. Seinen Zuhörern war mancher kalte Schauer über die Haut gelaufen, aber doch gar wohlig wars ihnen ums Herz geworden, und die Schoppen, die sie bezahlten, zählten sie nicht. Wenn nur der Bursche die ganze Nacht durch erzählt hätte, die ganze Nacht durch hätten sie Schoppen bezahlt ungezählt. Aber er endigte, die Türe ging auf, und den alten Ritter glaubten sie unter derselben zu sehen, die roten Augenbraunen flatternd im Nachtwinde; da ward ihnen gar schaurig zumut, und weit weg von der Türe floh jeder. Doch es war nur ein Postillion, der zu der zurückgebliebenen Post sehen wollte.

Da eilten sie zu Hause, aber Manchem fröstelte es den Rükken auf, bis er heim war und den Kopf auf dem Hauptkissen hatte. Der Schlaf fehlte Keinem, aber wohl allen schwamm bald das Bett in der Emme, bald kam die Bäurin auf dem Wägeli dahergefahren, bald ein ungeheurer Tannenbaum; oder er jagte Bären, fühlte des Ritters Handschuh im Gesicht oder gar dessen Streitaxt auf seinem Schädel. Alle konnten schlafen in weichem Bette, keine Schuttstatt war ihr Bett, Keinem war ein teures Haupt verloren gegangen, und wem kein Engel Gottes an der Haupteten wachte, dessen selbsteigene Schuld war es.

Am folgenden Morgen zeigte die Sonne ihr Antlitz nicht am Himmel, sie verbarg es hinter dichtem Wolkenschleier; sie wollte das Elend nicht sehen, welches der gestrige Tag gebracht, nicht sehen den Jammer aller Art, der zutage trat in dem dreizehn bis vierzehn Stunden langen Tale, welches die Wasserflut durchtobt hatte.

Dieses Tal, durch welches die Emme fließt, bis sie in die Aare sich mündet, als das eigentliche Emmental, ist eines der schönsten und lieblichsten im Schoße der Schweiz, und gar manches Kleinod des Landes erhebt sich auf den mäßigen Emmenhügeln und luegt freundlich übers Land oder steht keck auf der Emme abgewonnenem Schachen oder Moosgrunde und erntet in reicher Fülle da, wo ehedem die Emme Steine gesäet und Steine gewässert. Wer kennt nicht die üppige Wasservogtei im Solothurner Gebiet mit ihren schönen Matten, dem fruchtbaren Ackerland, den herrlichen Bächen, den schönen Kirchtürmen stattlich und stolz über den finstern Strohdächern, der Dörfer kotigem Wesen, dem lustigen, aufgeräumten Völkchen, das vor lauter Aufgeräumtheit nicht immer alles sieht, was noch aufzuräumen wäre!

An der Emme liegt Landshut, erniedrigt vom hohen Altisberg, wo es ehedem stund, auf niedern Felsen ins ebene Land, dem Rittertum eine fünfhundertjährige Vorbedeutung. Auf dem jenseitigen Ufer erheben zwei Türme sich aus der Bätterkinder reichem Dorfe. Der eine weiset nach dem Wirtshause mitten im Dorfe, wo bei beschränkter Aussicht es laut hergeht unter den vielen Leuten, der andere nach dem einsamen Kirchlein auf dem einsamen Hügel, wo endlich des Dorfes Bewohner lautlos schlafen um das Kirchlein herum, um sie eine der schönsten Ebenen der Schweiz, begrenzt von niedern Bergen, hinter ihnen die hehren weißen Häupter, über allem weit und tief der unergründliche Himmel.

An die Emme stößt der Utzenstörfer großes Gebiet und ihr in weitem Gefilde liegendes unendliches Dorf, in welchem der Fremdling alles findet, was er sucht (doch selten den rechten Weg), nicht nur Heu und Stroh, Eier und Tauben, sondern auch Gutes und Böses, den Sinn, das Herz zu schmükken, und die Sucht nach eitelm Narrenwerk.

Auch Fraubrunnen läßt sein Moos bis an die Emme gehen, und die Emme hörte deutlich der Gugler Fluchtgeschrei, aber auch das unglückliche Treffen anno 1798, wo die in

Schußweite unbedeckt vor einem Walde hirnlos aufgestellten Schweizer sich tapfer wehrten gegen die übermächtigen Franzosen, doch umsonst. Dort rannte ein hochgewachsenes Mädchen heldenmütig drei Franzosen an und fand, Pardon verschmähend, den Tod. Dort lief aber auch ein arm Mannli über Hals und Kopf davon, und auf dem Moose über einen Maulwurfhügel stolpernd, rief es fallend aus: «Ach, meine armen Kinder!» Es glaubte in seiner Herzensangst, von einer Kugel zum Tode getroffen niedergeworfen zu sein.

Über die Emme hin auf Fraubrunnen nieder sieht das wohlbekannte Kirchberg, dessen Kirchturm schön und schlank weit umher gesehen wird in der reichen Gemeinde, ein Finger Gottes, aufgehoben den reichen Magnaten zur Erinnerung, von wem der Segen komme in Feld und Haus.

Wo Burgdorf liegt, oberhalb Kirchberg, weiß jedes Kind im Lande. Der Demant des Tales, erhebt es sich auf seinen Hügeln, das alte, von Bern hart bedrängte, bezwungene, das neue, Bern hart bedrängende, ihm übermächtig gewordene Burgdorf, Schloß und Kirche einander gegenüber, verbunden durch die dazwischen liegende Stadt, beide die Hüter der Stadt, das Schloß mahnend an einen freien, die Kirche aufrufend zu einem frommen Sinn. Der fromme Sinn hat das Bürgertum erhoben zu einem freien Sinn, der das Schloß, hoher Grafen hoher Sitz, in seine Hand gebracht. Freiheit und Frömmigkeit sind zwei Schwestern, die Wunder tun vereint; aber flieht die Frömmigkeit, besteht die Freiheit nicht, die holde Maid verwandelt sich in ein zottig, grauenvoll Ungetüm. Ein Unfrommer ist ein Knecht, darum haßt er die Freiheit Anderer; in die Fesseln, in denen er liegt, will er die Andern schlingen. Möglich, daß er seine Sklaverei Freiheit heißt, daß er seinem Stroh Heu sagt, Schlitten seinem Schleiftrog. Und was sollte die Burgdorfer hindern, fromm zu sein? Hat nicht der Herr sie mit einem Garten umgürtet wie ein

Eden und in diesem Garten Menschenwerke aufrichten lassen, die Zeugnis reden, daß der Mensch nicht bloß aus Staub gebildet, für den Staub geboren, sondern zu einem höhern Leben bestimmt sei? Hat er sie nicht umgürtet mit einem freien Lande, und was hilft dem Menschen Freisein, wenn er aus Staub für den Staub geboren ist? Was hilft Freiwerden dem Hund, dem das Fressen des Lebens Höchstes ist und das Fressen aus des Herrn Hand das Kommodste? Was hilft Freiwerden ihm, der als Hund geboren ist, als Hund leben soll, als Hund sterben wird? Freiheit ist der Hunde Elend, ein Herr ihnen Notwendigkeit.

Wenn doch die Menschen alle die Augen auftäten und in den Garten Gottes schauten statt nur in Bücher, besonders in weltsche, es würde Mancher mehr sehen, als er sieht.

Während in einem schönen, zierlich ausgerundeten Emmenbecken mild und freundlich Oberburg und Hasle liegen, Oberburg mit seiner altertümlichen Kirche auf Felsengrund, Hasle mit seiner leicht gebauten auf nicht viel ertragendem Moosboden, strecken Heimiswyl und Rüegsau aus tiefen Gräben hervor, Heimiswyl seinen Turm, Rüegsau sein Türmchen, schicken ihre Bäche der Emme zu und bewachen auf hohen Bergen von mächtigen Höfen weg aus den hier beginnenden glitzernden Emmentaler Häusern, den appetitlichsten Bauernhäusern der Schweiz, vielleicht der ganzen Welt, der Emme Grillen. Mit sonnigen Augen, den Fuß spülend in der Emme Wellen, sieht Lützelflüh hinauf an die mächtigen Berge, woher die Emme kömmt, sieht nieder an den blauen Berg, wohin sie fließt, sieht frei und froh über gesegnetes Land weg hinüber nach dem schwesterlichen Rüederswyl, wo ein dunkler Berg frühe Schatten wirft, aber die Menschen nicht verfinstert, nur einen Vorhang zu ziehen sucht vor den Nesselgraben.

Nachdem der Ranflüher goldenes Gelände die Emme in

halbem Bogen umspannt, streckt der Klapperplatz an derselben lang sich hin, repräsentiert durch das Zollhaus, und jenseits liegt lustig auf sicherem Boden und sicher vor der Abendsonne Brand das alte Lauperswyl, mit prächtigen Kirchenfenstern weithin funkelnd.

Durch den fruchtbaren Langnauer Boden, wo gwirbige Leute wohnen, hervor stürzt sich bei Emmenmatt die wilde Ilfis in die Emme, die dann, bei Schüpbach noch freundliche Blicke in die schönen Signauer Matten sendend, ins enge Eggiwylertal hinauf sich beugt. Zwischen tannichten Hügeln oder Bergen strömend, bewässert sie manchen schönen Hof an der Berge Fuß, und wie gut vieles Land am Fuße der Berge ist, ahnet man nicht im unteren Lande, wissen es doch manchmal selbst die Besitzer nicht.

Heimelig steht im Winkel, wo der Röthenbach in die Emme sich mündet, Eggiwyl mit seinem kleinen Kirchlein am Talrande. Ein schmal, aber liebliches Tälchen hat der Röthenbach sich ausgegraben, und von allen Bergen mußte jeder Regenguß die beste Erde schwemmen in dasselbe, während fetter Mergel an vielen Stellen in der Tiefe liegt. Schöne Heimwesen, Sägen, Mühlen lagen in dem schönen Grunde, doch nach Röthenbach zu auch ärmliche Häuschen, deren Bewohner aber dort an der Sonne behaglicher lebten als viele Palastbewohner Schattseite. Das Tälchen schien so friedlich, daß weder Menschen noch Natur hier den Frieden stören, daß man Unfriede, Aufruhr hier nur träumen zu können schien.

Dieses schöne Tal, das zu unterst in ein Becken sich mündet, worin vor grauen Jahren die Aare und die Emme ihre Gewässer, nach raschem Lauf vom Gebirge her, an der Sonne rasten ließen, das nach oben immer enger wird, in ungezählte Seitentäler hineinsieht und in Klüften und Felsenspalten hoch an den Bergen ausläuft, wars, welches so traurigen Anblick darbot. Oben im Tale bebte der Mensch vor den Taten der Wasser, der verwüstenden Gewalt der Natur; aber das Tal hinab trat aus der Menschheit heraus noch erschütternderes Elend zutage. Doch unmöglich ists, das graue, grasse Bild jenes Montagmorgen auf irgend eine Weise lebendig andern Menschen vor die Augen zu zaubern, unmöglich, das langgewundene Tal und die darin wimmelnden Menschen darzustellen in wahren Treuen. Der Anblick eines Schlachtfeldes, einer zerschossenen Stadt und Festung ist furchtbar und mannigfach, aber es sind alles Zerstörungen von Menschenhänden. In allem diesem liegt nur etwas Kleinliches, Unzusammenhängendes, Zufälliges; aber wo ein Element tobte, von oben angeregt, da ist in der Zerstörung eine großartige Einförmigkeit, ein Ungeheures, welches auszudrücken alle Buchstaben zu klein sind. Wer einen Schauplatz gesehen, wo die Elemente ungezähmt wüteten, wird ihn nie vergessen, aber auch nie darstellen können.

Es möchte jemand wähnen, gegen der großen Donau ungeheuren Ausbruch verschwinde der kleinen Emme kurzer Zornanfall. Er täuscht sich. Der Donau Anschwellen war Folge eines fatalen Stockens des Eises, der Emme Größe erzeugte ein schreckliches Gewitter, das mit Wasser und Feuer die Täler erfüllte, die Festen der Erde erschütterte. Der Donau Fluten waren unendlich größer, aber wilder war der Emme Strom. Menschen verschlang die Donau mehr als die Emme, aber fester als die Pester ihre Häuser hat Gott seine Berge gebaut, die Zuflucht der Talbewohner. Viel mehr Häuser begruben in Ungarn die Wellen, unendlich mehr Eigentum ging verloren als bei uns, aber Ungarn ist ein weites Land und doch nur ein Teil des noch weitern Östreich, da geht in der Masse der Einzelne verloren, und ein großes Unglück wird klein in so weitem Lande. In einem kleinen Lande aber hat jede zerstörte Hütte Bedeutung, und die

Gesamtheit sieht nicht nur den Schaden jedes Einzelnen, sondern fühlt auch dessen Schadnis. Oh, es ist gar heimelig in kleinem Lande, wo das Weh des einen Teiles das ganze Ländchen durchzittert! Im weiten Östreich legen einige Landes-, einige Handelsfürsten Hunderttausende in Konventionsmünze zusammen, im kleinen Ländchen steuert der Bruder dem Bruder sein Scherflein, wie er es eben hat, in verdächtigem Luzerner Geld oder in schlechten Neuenburger Batzen, und die schlechten Batzen heilen den Schaden besser als die Hunderttausende in Konventionsmünze. Und wenn ein armes Bäuerlein mehr geben würde als der Schultheiß oder der Landammann, was ja leicht möglich sein könnte, so wäre kein Metternich da, der das Bäuerlein des Hochmuts bezüchtigen, sondern vielleicht ein ehrlicher Schweizer, der dem Landammann oder Schultheiß Kargheit vorwerfen würde; denn man gibt hier eben nicht deswegen viel, um der Größte zu sein, sondern um dem Bruder am besten zu helfen.

Die alten, treuen Hüter des Tales, die schützenden Berge, sahen traurig und düster in die Verwüstung nieder. Sie waren festgestanden, die alten Berge, in der Wut der Wasser, aber furchtbar waren ihre Seiten zerrissen, sichtbar stundenweit waren ihre tiefen Wunden. Sie werden vernarben, diese Wunden, aber die Narben werden den Nachkommen noch lange reden von der Not am 13. August 1837, wenn im Tale auch jede Spur derselben längst verschwunden ist. Freilich viel grausiger als die Berge sah am ersten Tage das Tal aus. Was in demselben abgelagert, was weggenommen worden, hatte es in eine lange Schutt- und Sandbank umgeschaffen, auf welcher Bäume zu Tausenden herum- und übereinanderlagen. Bald hatte der Strom das Tal mit Geröll und Steinen übergossen, bald Schlamm und Sand aufgehäuft bis hoch an die Bäume, an die Häuser hinauf, bald aber Land und

Straßen verschlungen, einen tiefen, breiten Abgrund gerissen in den schönen Boden.

Auf diesem Felde der Verwüstung schwankten zerstreut menschliche Wohnungen, untergraben hier oder dort, bald eine Seite, bald den Hinter- oder Vorderteil hinaushängend in den Bergstrom, umlagert von Holz, Schlamm oder Steinen. Eingeschlagen waren die Fenster, und aus ihren leeren Fensterlöchern sahen sie einen an wie erblindete Menschen aus leeren Augenhöhlen, und aus solchen Fensterlöchern ragten ungeheure Tannen heraus wie vor Zeiten nach wilder Schlacht Speere aus Menschenaugen. Die reinliche Nettigkeit der Stuben war verschwunden, grauer Schlamm füllte sie an, klebte rings an den Wänden, aufgespült war der Boden, hie und da guckte ein Hausgeräte, ein Bettstück aus der übelriechenden Masse, und verschüchterte Hühner stunden neugierig auf der Schwelle, drehten den Kopf bald links, bald rechts und konnten gar nicht fassen, wo die Tischdrucke hingekommen und die Menschen, die sonst rings sie umsaßen. Hie und da sah man ein Haus, das Front gemacht hatte gegen den Strom, fast unversehrt stehen und glänzen mit wohlerhaltenen Fenstern. Eine Baumgruppe vor dem Hause hatte es gerettet, den Strom gebrochen, dem Sturm der Tannen gewehrt. Die treuen Bäume sahen traurig und zerschlagen aus, denn gar mannlich hatten sie festgehalten und gestritten für die treue Hand, welche sie besorgt und gepflegt hatte in gesunden und kranken Tagen. Aber wie ein Held im Sturme des wildesten Kampfes, mächtig und ungebeugt, wenn ringsum die Schwächern fallen, hielt oberhalb der Luchsmatt ein gewaltiger und schlanker Saarbaum einsam den tosenden Wogenschwall, ganzer Wälder Andrang festen Fußes aus und zeigte am folgenden Tage, wie hoch im Tale tags zuvor die Wellen schlugen, und wird es noch den Enkeln erzählen, wenn er von seinen Wunden heil wird.

Keine Mühle klapperte mehr im Tale, keiner Säge Pochen hallte an den Bergen wider, auf keinem Baume zwitscherte ein lustig Vögelein, die Stille des Grabes lag schauerlich über dem verödeten Gelände. Nur hie und da bei dämmerndem Morgen spazierte eine Krähe über die Trümmer, wühlte eine Elster im Kote; aber die Krähe krähte nicht, selbst die Elster schwieg, wie vom Graus ergriffen.

Da erschienen nach und nach Gestalten der flüchtig Gewordenen zwischen den Trümmern. Lange, lange war den Armen die kurze Sommernacht geworden. Das Erlebte, das Verlorne, die Zukunft wälzten sich schwer über ihre Gemüter, unterbrachen alle Augenblicke den Schlummer oder ängstigten ihn mit furchtbaren Traumgebilden. Aber Mancher konnte, wollte nicht schlafen, wenn schon die freundlichen Bewohner der Berge ihr weichstes Bett ihm anboten. In der Angst der plötzlichen Flucht, wo keine Abrede möglich war, jedes von dem Orte aus, wo es in selbem Augenblicke stund, fliehen mußte, waren die Familien auseinandergekommen. Der gleichen Bergseite waren die Bewohner eines Hauses zugelaufen, aber nicht am gleichen Punkte sie erreichend, waren sie bald durch weite Gräben getrennt und wußten nichts mehr von einander. Der Mann wußte nicht, war seine Frau im nassen Grabe oder ihm zur Rechten oder Linken, die Mutter vermißte ihre Tochter, der kühnere Sohn war vielleicht auf einem Baume geblieben und hatte erst, nachdem er den ganzen Graus gesehen, eine Zufluchtsstätte gesucht. Es waren am Sonntage Viele ihrem Strich oder ihren Geschäften nachgegangen. Diese wußten nicht, wie es ihren Leuten gegangen, ihre Leute bangten, die Wasser möchten auf dem Wege die Wanderer übereilt haben; sie fanden sich an diesem Abend nicht wieder zusammen. Da nun war Jammer und Wehklage, und ferne blieb der tröstende Schlaf.

Man kann sich denken, wie mit dem ersten Morgenschein die Unglücklichen sich aufmachten und nicht warteten, bis das zMorgenesse zweg war, so dringlich ihre freundlichen Wirtsleute sie baten, nur einen Augenblick noch darauf zu warten, weil sie drunten doch nichts erhalten würden. Wie sie geflohen waren am Abend, jedes nach seiner Kraft, so eilten sie jetzt am Morgen dem Tale wieder zu, jedes so schnell es mochte, und wo jedem zuerst der Anblick in die Tiefe ward, da wurzelte ein sein Fuß, die Hände rang er über dem Kopf zusammen, und ein namenloses Weh erfaßte ihn; dann riß er sich los, stürzte ins Tal, zu sehen, was ihm genommen worden, was geblieben sei.

Wie die Alten ihre zitternden Glieder anstrengten, wie der Stock zitterte in ihren schwachen Händen, den Rüstigen nachzukommen, wie dann der Husten sie überfiel, Herzklopfen sie stille stellte, wie ihre Seele vorwärts strebte, aus den Augen hervorzubrechen schien, den Voraneilenden nach, und wie der träge, schlaffe Leib die Seele bannte, das war ein herzbrechend Luegen.

Aber noch hinter diesen Alten, die vorwärts strebten und nicht vorwärts kamen, nicht einmal Atem fanden zu gegenseitigem Jammer, wankte eine jugendliche Gestalt ohne Stock, aber mit gebrochener Kraft; auch sie hatte keinen Atem zum Gehen, keinen zu Worten, nur zum Weinen, und auch um den zu finden, mußte sie alle Augenblicke niedersitzen an des Weges Rand. Wie naß der Boden sei, merkte sie nicht. Es war ein Bäbi, das seinen Hans nur zu lieb gehabt hatte im Obergädeli, am letzten Signaumarkt im Mai, dem nun die Angst das Herz zusammendrückte, ob Hans nicht treulos es verlassen werde, da es nichts mehr besitze als die Fetzlein an seinem Leibe.

Als Bäbeli so saß in nassem Jammer und im nassen Grase, da fragte es eine Stimme: «He, bist dus, Bäbi; was hockisch da und tuest so nötli?» Es war Hans. Aber Bäbi konnte ihm nicht antworten, es schluchzte, daß es ihns über und über erschütterte. «Tu doch nicht so wüst», tröstete Hans, «ds Pläre trägt dir nichts ab; komm du gleich zu uns, wir haben dir z'werche und z'esse, und verkünden können wir dann ja lassen, sobald es uns anständig ist.» Da wohlete es Bäbi auf einmal, seine Augen glänzten, die Beine wurden ihm wieder leicht, der Atem kam wieder zum Reden; es gab Hans die Hand und sagte: «Ih ha glaubt, du sygisch o son e wüeste Hung wie mängen Angere u layisch mih hocke, wil ih nüt meh ha, u das het mr fast welle ds Herz abdrücke.» «Du bisch geng e Göhl», sagte Hans; «wed selligs vo mr glaubt hesch, warum hesch mih de ychegla?» «Zürn doch recht nüt», sagte Bäbi, «aber es machts jetzt afe gar Mänge eso, es isch gar e bösi Welt, es isch afe nüt meh drby z'sy.» Glücklich und leicht, Hand in Hand zogen Beide den Andern nach, und man sah es Bäbi gar nicht an, daß es ihm übel ergangen.

Vereinzelt kamen die Unglücklichen herab zum Grabe ihrer Habe. Der Mann stund trostlos bei dem zerstörten Land, an dessen Verbesserung er jahrelang gearbeitet hatte, bei dem untergrabenen, verschlammten Hause, das erst neu unterzogen oder zurechtgemacht worden war; das Weib sah zu Türe und Fenster hinein nach ihrem Hausgeräte, dem Bette, das erst mit neuen Federn gefüllt, mit neuen Fassenen geziert worden war. Der Anblick wollte ihnen fast das Herz zerreißen. Da hörte der Mann oder das Weib hinter sich ein: «Gottlob, daß du da bist!» Es war die Stimme des Vermißten. Und siehe, aus dem Herzen war schon der halbe Jammer gewichen, und ein Plätzchen war frei geworden für den Trost, daß es doch vielleicht nicht so gräßlich kommen werde, als man es sich gedacht, daß Gott wohl noch alles zum Besten leiten werde, da er ja bereits so Teures wiedergegeben, das man verloren geglaubt.

Andere stunden da, lautlos, zerschlagen, nur eines Gedankens voll. Gestern waren sie gesessen in diesem Hause, es war ganz gewesen, sie hatten Hausgerät gehabt, Vorräte, fruchtbringendes Land, muntere Kinder; sie waren da gesessen, waren aber nicht zufrieden gewesen, hatten gemurrt und geklagt über mancherlei, hatten geglaubt, der liebe Gott hätte allen gegeben, nur ihnen genommen, hatten das gering geschätzt, was sie empfangen, über das sich gehärmt, was sie nicht hatten; so hatten sie geredet gesunden Leibes, der zu essen und werchen sattsam hatte. Mitten in diesem Grollen hatten die Wasser sie aufgejagt und in die Flucht – und jetzt, wie fanden sie ihr Besitztum wieder, als sie wiederkamen! Da gedachten sie der am gestrigen Tage geführten Reden. Ach, in den Boden hinein hätten sie sinken mögen über derselben Vermessenheit; ach, wie gerne wären sie jetzt zufrieden gewesen mit ihrem gestrigen Zustande, wie gerne wollten sie jetzt Gott danken für seine Güte, wenn es noch wäre wie gestern! Aber er war dahin, dieser Zustand, den sie mit so undankbarem Herzen genossen hatten, und Gott hatte ihnen einen andern gegeben, um an demselben sie Dankbarkeit zu lehren; denn wer im Glücke sie nicht lernt, den unterrichtet Gott durch Unglück. Der verlorne Sohn war bei seinem Vater auch nicht zufrieden, erst als er mit den Schweinen ihre Treber teilte, wußte er, wie gut er es vorher bei seinem Vater gehabt.

Tausenden von Menschen, denen der Geier der Unzufriedenheit, der Ungenügsamkeit am Herzen frißt, deren Mund beständig von Klagen überströmt, möchte ich dieses Beispiel vor Augen aufrichten und daran schreiben: «Wer die Gegenwart unzufrieden verachtet, dem kommen selten Tage des Friedens; jeder kommende Tag macht den vergangenen gut, nimmt einen Teil des Glückes, das man nicht geschätzt, bringt eine neue Last, an die man nicht gedacht, und wo das Leben eitel Jammer war, da ist das Ende der größte.» Und an die Rückseite möchte ich schreiben: «Aus dem Herzen kömmt nicht nur alles Böse, sondern auch alles Elend, für welches der Mensch keinen Trost bei Gott sucht oder keinen bei ihm findet.» Am traurigsten aber gestaltete das Unglück sich, wo Unfriede unter der Familie war; hier gab man sich auch in der Not nicht freundliche Blicke. Gerne hätte das Eine das Andere schuld gegeben an dem ganzen Ereignis, nun ärgerte man sich wenigstens durch gegenseitige Vorwürfe, daß nicht mehr gerettet worden, und neben dem Gram nistete sich der Groll noch tiefer in die Herzen hinein.

Wo aber Friede war in den Gemütern, Friede mit Gott und Friede unter einander, da fand sich auch der Mut wieder und das Vertrauen, vielleicht noch am gleichen Tage, und der Sinn breitete sich in ihren Herzen aus, der zu dem Beten führt: «Der Herr hats gegeben, der Herr hats genommen, der Name des Herrn sei gelobt!» Aber man kann sich nicht vorstellen, wie schwer ein armes Weib hat, zu diesem Sinn zu kommen, ein armes Weib, das mit sechs Kindern zHus war und jetzt mit blutendem Jammer das Stücklein Erdäpfel sucht, welches es im Frühjahr mit so saurem Schweiß bepflanzt hatte, das Stücklein, welches ihm alles in allem war, seine Kuh, seine Schweine, seine Schaal, sein Kornfeld, sein Kabisplätz, sein ganzer Wintertrost. In einem Stübchen wohnt es mit seinen Kindern, um den Hauszins dient oder taunet der Mann, und wenig bleibt von seinem Lohn für die sogenannten Hauskosten; wenn er noch gehörig für die Kleider sorgen kann und für etwas Brot, so stellt er sich schon wacker. Und so ein arm Weib, das Geld für die Haushaltung aus seiner Kunkel ziehen, die Kinder warten, speisen und lehren muß, das bei anbrechendem Tage hinaus muß, seinen Erdäpfelplätz zu säubern, die Erdäpfel zu setzen, zu putzen, welches das ganze Jahr hindurch zu jedem Hämpfeli

Mist Sorge getragen hat wie zu Zuckerbröcklene, die Zeit dazu kaum seinem Rade, seiner Haushaltung abstehlen konnte, den ganzen Sommer durch rechnete, ob es wohl genug Erdäpfel erhalten werde und ob auch gute, denn sie sind ja sein Alles in allem, Voressen, Bratis und Dessert – ach, so ein armes Weib, was muß das fühlen, wenn all sein Schweiß, seine Not umsonst war, wenn es seine sechs Kinder sieht und keine Erdäpfel!

Und so ein altes, schitteres Mutterli, das nichts auf Erden mehr hat als ein Bett, ein Rad, sieben Bohnenstauden, sechs Kabislöcher und zwanzig Zeilen Erdäpfel, dem die Gemeinde den Hauszins zahlt, wie muß dem sein, wenn es vor seinem nahen Tode sein Bett, sein Rad, seine Plätzchen verliert! Sein Bett war sein Trost, sein Rad der einzige Freund, die Plätzlein sein Brotkorb, seine Freude; wenn es diese alle verliert und nun gar nichts mehr hat auf Erden, wie muß wohl dem armen Mutterli sein ums Herz? Kann sich wohl eine junge Frau mit Rosen im Gesichte, Gold um den Hals, Seide am Leibe und ringsum die Hülle und Fülle vorstellen, wie es ihr wäre, wenn Rosen, Gold und Seide verschwunden, sie nichts mehr hätte als um einen schittern Leib einen bösen Kittel, ein Bett, ein Rad, sieben Bohnenstauden, sechs Kabislöcher und zwanzig kurze Zeilen Erdäpfel, und wie ihr dann wäre, wenn noch Bett, Rad, Plätzlein dahingingen? Die junge Frau kann vielleicht dunkel ahnen, wie ihr wäre, wenn Rosen, Gold und Seide schwänden, aber das Zweite vermag sie nicht zu fühlen. Sie meint vielleicht, wenn sie nicht mehr hätte als ein Bett, ein Rad und sechs Kabislöcher, so wäre ihr dieser Verlust gleichgültig und würde mit dem andern gehen. Sie irrt, die junge Frau, das kann sie nicht fassen, wie lieb man am Ende das gewinnt, was man einzig noch besitzt – wohl ihr, wenn sie es nie erfassen muß!

So stund Gruppe um Gruppe im wüsten Tale, ratlos, mutlos alle die ersten Stunden. So ungeheuer schien die Verwüstung, so maßlos der Schade, daß niemand zur Arbeit Mut faßte, weil niemand durch Arbeit dem Greuel zu Boden zu kommen hoffte, kein Ende, keinen Nutzen der Arbeit sah. Es waren furchtbare Stunden, und die Sonne schien nicht ins Tal, darum sah es noch grauenvoller in demselben aus, darum waren noch mutloser die Menschen; denn Unendliches vermag die Sonne über die Erde und über die Gemüter, und die, welche am meisten an der Sonne sind, kennen den letzten Teil ihrer Macht am wenigsten.

Von Eggiwyl das Tal nieder sah es ebenfalls traurig und verschlammt aus. Häuser waren beschädigt, Pflanzungen verdorben und mühsam errungenes Vermögen, die Frucht vieljähriger Arbeit, hart mitgenommen in der Holzmatt. Seltener sah man hier das Land mit Steinen überführt, sah Steine meist nur da, wo kein Holz, Unterholz und stämmiges, auf und hinter den Schwellen stund, an welchem der Stoß der Emme sich brach. Wo sie ungehindert floß, in Zug kommen konnte, da riß sie Steine hinein; wo aber Holz die Strömung hemmte, schwebte sie nur und ließ bloß Sand fallen und Schlamm. Lebholz an der Emme und besonders auf den Wehren, wo dessen Wurzeln die stärksten Bänder werden, ist der beste Schutz; wo kein Holz ist, da taugen auch die sonst so nützlichen Tentsche wenig, denn in die Länge vermöchten sie den ungebrochenen Anprall nicht auszuhalten.

Da oben waren freilich keine Tentsche wie unten im Lande, da oben lebte man vertraulicher mit der Emme oder traute mehr auf Gott, ich weiß nicht, welches von beiden. Aber die Emme mißbrauchte furchtbar das leichtsinnige Vertrauen, und Gott zeigte, daß man auf ihn nicht trauen dürfe, wo der Mensch sich selbsten helfen kann. Nun werden die Menschen wohl klug werden und Tentsche bauen, in frechem Mutwillen hat ihnen die Emme selbst das Material dazu freigebig geliefert.

Auch hier sah man Gruppen jammern und Verlornes suchen, sah sie die Stellen suchen, wo ihr Korn gestanden und wo aus dem Schlamme hie und da eine Ähre trübselig mit versandeten Augen aufblickte, sah sie an Zäunen und an Bäumen weggeschwemmtes Korn suchen, sah sie dort zusammenlesen Flachs und Hanf, die auf der Spreite weggespült worden. Flachs und Hanf, so mühselig gepflanzt, so sehnsüchtig erwartet, um ein Zinslein daraus zu berichtigen, um aus Kuder und Knöpfen Leintücher machen zu lassen am Platz der alten, verlöcherten, wo bald der Mann der Frau, bald die Frau dem Mann des Morgens helfen mußte, die in die Löcher geratenen Beine ohne Schaden für die Tücher ins Freie zu bringen; Korn, auf das man sich so gefreut hatte, um doch einmal selbst in die Mühle geben, einmal selbst backen, einmal aus eigenem Mehl einen Weißbrei machen zu können an einem Sonntage – nun war das Meiste verschwunden oder verdorben. Wohl las man zusammen, was man an Hägen und Bäumen fand, riß aus dem Schlamm, was man konnte, oder schnitt bloß die Ähren ab, wusch mühselig in Bächen und Brunnen Korn und Hafer, Hanf und Flachs, aber bei aller unendlichen Mühe trug es doch wenig ab.

Was so ein arm Mannli fühlen mochte, während es am Bache sein verdorbenes Korn wusch! Der Ertrag eines Jahres verloren, verloren alle gehabte Mühe und Arbeit; neue Arbeit, neue Mühen vor Augen, nur um später mit Mühe wieder säen zu können; ob auch ernten? Das eben frug es mit bitterem Gemüte. Das arme Mannli hatte jahrelang bös gehabt, hatte am letzten Neujahr keinen Wein gehabt über Tisch, seit langem, langem keinen Schoppen getrunken, um einige Neutaler zu erübrigen, weil es sein Stallwerk neu mußte machen lassen, wenn es nicht einfallen, sein Kühlein nicht erfrieren sollte. Oder es wollte einige Kronen abzahlen, die es in der teuren Zeit hatte aufnehmen müssen und seither noch nicht erschwingen konnte. Oder es sollte Bodenzinse und Zehnten abkaufen helfen und entlehnte nicht gerne Geld dazu auf wucherischen Zins. Dafür hatte es geraggeret und gedarbt, und jetzt alles dahin und es zurückgeschlagen für viele Jahre, vielleicht für sein ganzes Leben! Wie mühselig geht es einem solchen Mannli nicht, bis es zum nötigen Kreuzer kömmt, geschweige denn zu einem übrigen, wie beengt ist ihm sein Weg dazu! Es muß ihn herausschlagen aus magerm Lande, dessen Verbesserung ihm über Verstand und Kräfte geht, auf zufälligen Nebenverdienst kann es nicht rechnen, ist abhängig von jeglichem Wetter, ist ausgesetzt einer Menge Unglück und Mißgeschick; sein Kuhli ist sterblich, seine Ziege vergänglich. Wer will es dem armen Mannli verargen, wenn ihm weh ward am Bache, das Weinen ihm im Herzen kochte, der Mut fast ausgehen wollte und die Kraft, mit dem Zweifel zu ringen, ob denn auch ein Gott für ihns im Himmel wohne?

Ein Herr hat schwer, es zu fassen, was solche Striche durch die Rechnung für ein arm Mannli sind. Wenn einem Herrn ein Zins nicht eingeht zur Stunde, so wird er unwirsch und redet von bösen Zeiten und Abzwacken in der Haushaltung, und wenn ein Apotheker- oder Doktorkonto über sein Budget hinausgeht, so gibt er eine Mahlzeit, ein Soiree weniger, kauft sich keine neue Kalesche. Wird ein Kaufmann mit einer Spekulation hart geschlagen, wie viele neue Hoffnungen zu neuen Spekulationen breiten sich nicht vor ihm aus! Er versagt sich deswegen keine Ausfahrt, keine Badefahrt, höchstens unterschreibt er zu irgend einem wohltätigen Zweck einige Franken weniger. Sie wissen nicht, wie diesem armen Mannli zumute ist. Es ist vielleicht eine einzige Art von Herren, die das Mannli in etwas begreifen können. Die stehen freilich nicht am Bache, schmutziges Korn zu waschen, aber sie sitzen am Bureau und erlesen Kontos, rechnen zusammen, rechnen wieder zusammen; aber wie sie auch rechnen mögen, sie sind in diesem Jahre wieder ärmer, der unbezahlten Kontos mehr geworden, wieder ein Kapital ist aufgezehrt, wieder die Einnahme kleiner, und die Ausgaben wollen nicht abnehmen, wollen kein Ende nehmen. Ein solcher Herr sieht, daß in diesem Jahre es wieder mehr zurückgegangen als im vorigen; er sinnet, wo das wohl hinaus solle. Der arme Herr sieht keinen Ausweg. Sie leben bereits so schlecht als möglich; wenn es niemand sieht, nehmen sie für acht Personen zweiundeinhalb Pfund Rindfleisch und ein halb Schöppli vierbatzige Nidle per Mal. Aber Aufwand vor der Welt müssen sie doch machen um der Kinder willen; der Frau darf die Toilette nicht geschmälert, verständiger kann sie nicht gemacht werden, und auch er hat nicht die Kraft, sich dieses oder jenes zu versagen. Es fühlt der arme Herr, wie er tiefer und tiefer rutscht einem bösen Ausgang zu. Er kann sich nicht zurückhalten, so wenig als ein Bube den fliegenden Schlitten an der mit Eis belegten Schütti; da macht er es wie der Bube, er macht die Augen zu. Er tut das Bureau zu, zieht den unbezahlten Rock an, stäubt noch einige Stäubchen sorgfältig mit dem Finger weg und geht in die «Große Sozietät» zu einer Partie Whist oder zum «Distelzwang», etwas Solideres zu essen, als er zu Hause findet.

Trübselige Mannleni sah man das ganze Tal hinab, so weit die Emme übergelaufen war, und wüst und grau sah es aus durch die Schächen und an den Rändern der Emme.

Und doch wimmelte es von frühem Morgen an wieder so lustig durch die Schächen an den Rändern der Emme, auf dem Bette der Emme selbst und bei den Brücken. Von den Höhen aus allen Winkeln stoben Leute, die Holz witterten an der Emme, Leute, die Holz wittern wie Raben das Aas. Sie hatten nichts verloren oder Unbedeutendes, darum waren sie so lustig bei der Arbeit. Sie gedachten nicht an die Unglücklichen oben im Tale, sie gedachten nur an das Glück, so viel Holz umsonst zu erhalten, so viel Geld zu Branntewein zu ersparen. Und diesen Branntewein begannen sie zu trinken, Flasche um Flasche sich zutragen zu lassen und Gesundheit zu machen auf das viele Holz, das gute Geschick.

Unter ihnen freilich waren auch Leute, die diesen Sinn nicht hatten, die arbeiteten, um Brücken frei zu machen, das gewonnene Holz als Lohn ihrer Mühe betrachteten und später die milde Hand gegen die Unglücklichen auftaten. Es arbeiteten auch Leute, die gar kein Holz wollten, sondern nur um der Emme freie Bahn zu machen, weiteres Unglück zu verhüten; aber diese beiden Arten waren in weit geringerer Zahl.

Ungeheure Holzhaufen waren überall aufgestaucht, Tannen lagen umher wie Kieselsteine, und darauf stürzte die Menge sich. Es wimmelte auf und an der Emme wie in einem Bienenkorbe, der stoßen will. Aber sie trugen das Holz nicht zusammen wie fleißige Bienen den Honig, die neidlos um die Blumen lustig surren, friedlich in die Blumen sich teilen und in den Korb es ablegen zu allgemeinem Gebrauch. So viel des Holzes auch war, so hätte doch jeder alleine alles mögen. Wer kennt nicht die Fabel von jenem Hunde, der mit einem Stück gestohlenen Fleisches im Maul über einen Steg ging und unten im Wasser sein eigen Bild erblickte mit dem Fleisch im Maul, wie er nun das Fleisch fallen ließ, ins Wasser sprang, um seinem Bilde das Fleisch zu entreißen, weil er nicht dulden mochte, daß ein Anderer auch Fleisch habe, oder weil er dessen Stück größer glaubte als das seine! So waltete giftiger Neid zwischen den Wimmelnden, Keiner gönnte dem Andern auch nicht ein kleines Stück, geschweige denn ein größeres, jeder suchte das Beste für sich und glaubte doch sich übervorteilt. Die Beschädigten meinten, ihnen gehöre das Holz, die Unbeschädigten gehe es nichts an. Die Unbeschädigten, Hergelaufenen, die größere Menge, meinten dagegen, sie hätten das nächste Recht dazu, sie erhielten bei diesem ganzen Unglück nichts als Holz, während, wenn alle Überschwemmten entschädigt würden wie an einem gewissen Ort, wohin bei geringem Schaden wahrscheinlich die erste und reichlichste Steuer gekommen (Spaßvögel meinten, die dasige Bittschrift müßte schon am Abend vor der Überschwemmung gemacht worden sein), so hätten die Beschädigten großen Profit, sie rühmten sich ja selbsten dessen, und um diesen Preis würden sie sich recht gern alle Jahr ein paarmal überschwemmen lassen.

Ja, in Vielen wohnte der teuflische Sinn, der über jedes Unglück, aus dem sie den kleinsten Nutzen ziehen, sich freut, dessen Wiederholung alle Tage sich wünscht, unbekümmert um die, welche dabei zugrunde gehen. So wie Beschädigte und Unbeschädigte sich giftig ansahen, so machten die Armen auch nicht süße Augen denen, die vermöglich waren und doch Holz sammelten. «Der mangelte es nicht», hieß es, «aber er ist der wüestest Hung, er gönnt armen Leuten nichts, man sollte Solche bei den Beinen aufhängen, die nie genug sehen; aber das wird ihm kein Glück bringen, er wird hoffentlich nichts desto mehr haben.» So redeten sie. Der Neid zwang sie endlich zu gemeinsamem Arbeiten, und bei diesem Arbeiten tranken sie Branntewein und waren so preußisch, stolz und bösmaulig, daß, wer durch sie hinging, nicht nur keinen Dank auf einen Gruß erhielt, sondern froh sein mußte, wenn er ungeneckt von ihnen wegkam. Jeder Bettelbub streckte seinen Kopf bolzgrad auf und machte der ganzen Welt ein trotzig Gesicht. Hintendrein klagten dann alle bitterlich, daß ihre Ausbeute die Mühe nicht gelohnt, daß sie allein mehr geschafft hätten, daß die Obern den besten Teil vorweggenommen, wurden gar noch böse über die Eggiwyler und Röthenbacher, daß sie für die Emme nicht mehr Holz zweg gehabt hätten. Und doch sammelte Mancher zwei bis drei Klafter und beklagte sich noch bitterlich.

Und wo waren alle die, die für den ganzen Winter mit Holz sich versehen hatten, als es eine Steuer galt für die zugrunde Gerichteten? Welche gaben? Aber wie Viele hatten keinen Kreuzer für sie! Sie waren freilich arm, aber das Unglück hatte ihnen doch für Franken Holz zugeworfen. Ach, es gibt Leute, mit denen man Mitleid haben sollte und es fast gar nicht kann! Leute, die meinen, sie seien nur da, um zu fordern, zu nehmen, unverschämt zu sein; andere Leute seien nur da für sie wie die Kirschbäume für die Spatzen, die aber selbst für niemanden da sind, sich aller Menschenpflichten enthoben glauben, die höchstens einem Saufbruder sechs Kreuzer leihen für einen Schoppen Branntewein. Das sind meist Leute ärmerer Art, doch nicht alle; o nein, auch Reiche haben Kieselsteine in der Brust statt Menschenherzen.

Gab es nicht auch Solche, die mit eigenen Rossen das erbeutete Holz zum eigenen Hause führen konnten und welche wirklich die Ärmern vom Holzsammeln ganz ausgeschlossen wissen wollten, aus dem Grunde, daß sie auch nicht schwellten, oder welche das gesammelte Holz gerne auf die Rechtsamene verteilt hätten? Gab es nicht einen, der schon nach der ersten Überschwemmung am verhängnisvollen Sonntag morgens während dem Gottesdienst von armen Leuten in seinem Schachen gesammeltes, zugeschwemmtes Holz zu seinem Hause führen ließ, wahrscheinlich um seine mit Wedelen verpalisadierten Fenster noch besser zu verschlagen? Und dieser Mann besitzt Hunderttausende und Wälder, aus denen er für mehrere Tausende Holz schlagen lassen könnte zum größten Vorteil des Waldes; rings um sein Haus läßt er Schyterbygen unten abfaulen, und für etwas Gutes hat er nie einen Kreuzer, traut nie einem Menschen, nicht einmal unseres Herrgotts schöner Sonne, sonst würde er sie doch in seine Stube gucken lassen. Er behauptete, das Recht dazu zu haben, weil die Emme ihn geschädigt habe und nicht die armen Leute. Und hätte ihm die Emme noch hundert Fuder mehr sogenannten Sand, der aber mit Mergel an den meisten Orten reich geschwängert ist, auf sein schattig Moos getragen, wo er sich nicht satt wässern kann, weil ihn das Wasser reut, das er nicht aufreiset, so hätte er noch lange keinen Schaden, sondern großen Nutzen gehabt. Und hätte er wirklich großen Schaden gehabt, so hätte er nicht am Schweiße armer Leute sich erholen, sondern bedenken sollen, daß es Gott der Herr sei, der ihm eine Mahnung gegeben habe, daß wem viel gegeben worden, von dem viel gefordert werden werde. Und wenn der Herr dein Gott Rechnung von dir fordert über das anvertraute Gut, was willst du antworten, Mann?

Doch es gab noch Andere, die höher stehen, die einsehen sollten, daß ihre Existenz von der Achtung, in welcher sie bei dem Publikum stehen, abhange, die das Strandrecht auf die unverschämteste Weise in Anspruch nahmen, die Arbeiter bezahlten und tränkten, um Holz ans Land zu bringen und Holz aller Art zu zerstückeln, zu verstümmeln. Diesem Zerstückeln von Bauholz trat endlich ein Verbot entgegen, wirkte aber nicht schnell genug.

Ach du mein Gott, wer führt denn eigentlich die Befehle der Regierung aus? Wenn ich sie wäre, ich würde Extrabelohnungen aussetzen für alle die, welche mir zu Willen wären und an die Hand gingen. Hintendrein kam ein anderer Befehl, daß alles aufgefischte Holz zum Besten der Beschädigten verkauft werden solle. Und wie wurde jetzt dieser Befehl ausgeführt? Wie suchte man an Orten dieses Holz auf, und wer suchte es auf? Ich bin wieder überzeugt, die Herrn von Roll werden aus Extragründen besser bedient. Ach, wenn ehrliche Leute im eigenen Hause so sicher wären als jenes aufgefischte Holz vor den Häusern und Bettler auf den Straßen, sie wären glücklich. Welche unverschämte Rechnungen wurden nicht für das Herausziehen und Führen dieses Holzes eingegeben! Die Ortschaften und Gemeinden, die dieses taten, und ihre Rechnungen verdienten billigermaßen bekannt gemacht zu werden, und besonders die Ortschaften, die reich entschädigt wurden, viel Holz vermeukt hatten und für das wenige Holz, welches sie zur Hand stellten, unverschämterweise eine Rechnung machten, welche den Wert des Holzes überstieg.

Wahrhaftig, man muß wenig Ehre im Leibe haben, um so handeln zu können, und sich ganz des Grundsatzes trösten: Wer unverschämt ist, der lebt dest bas. Und wenn man solche Menschen bei jeder Gelegenheit öffentlich stempelte, besserte es nicht? Und wenn Beamtete mit dem nötigen Ernst, mit gehöriger Schärfe statt Schwäche Hand obhielten, besserte es wieder nicht?

Es heißt, und wenn es wahr ist, so ist es merkwürdig, dieser Befehl sei auch auf die Gemeinden Eggiwyl und Röthenbach ausgedehnt worden, diese hätten sich aber widersetzt und mit Recht. Sie wollten nicht das eigene Holz (denn wem war es weggenommen worden als ihnen?) verkaufen lassen, um den Erlös mit allen Schächleren, denen die Emme kein Holz genommen, aber viel gebracht, trotz dem Befehl zu teilen. Und wie unbillig wäre es gewesen gegen die Besitzer der Klasse, die keine Entschädnis erhielt, denen es vielleicht das meiste Holz genommen und die das auf ihrem Lande liegende hätten verkaufen lassen müssen für Andere, die entschädigt wurden bei weit kleinerem Schaden!

Durch die Holzfischer eilten die Holzhändler, die Trämel

gehabt bei den geschädigten oder weggerissenen Sägen oder Flöße an der Emme, und suchten das verlorne Holz auf. Jeder wollte sein Holz kennen und zeichnete das erkannte an mit seinem Zeichen, und solcher Zeichen fand man viere von vier verschiedenen Holzhändlern an einem einzigen Trämel. Es wollte halt Keiner zu kurz kommen.

So ging es Emme auf und ab, als ob Banden hungriger Irländer in unser Land eingebrochen wären, das bei ihnen übliche Strandrecht geltend zu machen. Oh, es waren gräßliche Gegensätze zwischen den betäubten Geschädigten und den so gierig Haschenden. Während die Überschwemmten ihre Hütte jammernd reinigten, machten Unbeschädigte jubelnd Beute. Betäubter ward der Menschenfreund am ersten Tage in dem Tosen der Emme, aber betrübter am zweiten Tage, als die Menschen losbrachen in ihrer tierischen Gier.

Aber wenn der Menschenfreund sein Angesicht verbergen will, so trittet ihm wieder das Aufrichtende entgegen; wenn das Häßliche im Menschengeschlecht am grellsten sich darstellt, so taucht gegenüber seine Herrlichkeit leuchtend auf; wenn die Schuld, die den Menschen vor Gott verwerflich macht, am gewaltigsten hervorbricht, so stellt sich ihr entgegen eine reine, versöhnende Tat, die das Bewußtsein uns erhält, daß denn doch noch etwas Göttliches in uns sei trotz allen widrigen Erscheinungen.

Bei Kirchberg auch war man mit dem Freimachen der Brücke beschäftigt. Man war so erschreckt, daß nun alle Abende ein Anlauf der Wasser erwartet wurde; man suchte daher in der größten Eile das hemmende Holz wegzuschaffen. In die trübe und noch nicht kleine Emme fiel ein Knabe und wurde fortgerissen. Die Gefahr, in welcher ein Menschenleben schwebte, durchzuckte wie ein elektrischer Schlag fünf wackere Männer, daß sie vergaßen jede Bedenklichkeit, jede

Bedächtlichkeit, sich selbst, und über sie kam einer der göttlichen Augenblicke, ein Augenblick, in dem der Mensch aus sich heraustrittet und zum Boten Gottes wird. Lebendig ward der Emme der Knabe entrissen, aber einer der Fünfe, Jakob Zingg, geachtet und Vater, verlor das eingesetzte Leben, und Waisen wurden seine Kinder. Er ward ein Opfer seiner Menschenliebe, aber war er nicht auch ein sühnend Opfer, das er Gott und Menschen für seine irrenden Brüder brachte, die aller Liebe vergassen, ein Opfer den Bitten zum Siegel: «Vergebet, so wird euch vergeben! Vater, vergib ihnen, sie wissen nicht, was sie tun!»

Die Kunde von dem fürchterlichen Gewitter und der Emme Wüten durchflog das Land, und die Schrecken des Augenblicks mit der Größe des Schadens, den grausen Anblick des Tales mit gänzlicher Zerstörung verwechselnd, redete man von zugrunde gegangenen Millionen, und je weiter vom Tale, desto größer wurde der Millionen Zahl. Der Wunsch, den Schauplatz des Unglücks zu sehen, drängte sich Tausenden auf, und wenn man sagt, Tausende führten ihn aus, sagt man nicht zu viel. Dieser Wunsch drängte sich den mittleren und besonders den unteren Ständen auf, und sie führten ihn aus. Die obern Stände sind Sklaven der Mode, sie spazieren und reisen nach dem Zuge der Mode. Ein neues Naturereignis kömmt nicht alsobald in die Mode, und ehe es darein kömmt, ist sein Charakter verwischt, doch gibt es auch Ausnahmen wie zum Beispiel Goldau.

Um solche Ereignisse aufzufassen, braucht es ein offenes Gemüt, einen gesunden Sinn; auf den Anblick desselben kann man sich in keinem Handbuche vorbereiten, darum getrauen sich Viele nicht hin. Goldau steht aber in jedem Handbuch, darum wandern dort die meisten Wanderer. Zudem ist man in höhern Ständen zu vornehm, um neugierig zu sein, zu gleichgültig für alles, was außer den eigenen Kreisen liegt, zu bequem für einen beschwerlichen Tag.

Möglich auch, daß es Menschen gibt, die nicht gerne dahin gehen, wo eine überirdische Macht so Ungeheures vollbracht. Ein dunkles Gefühl sagt ihnen, daß in der Nähe Gottes jede irdische Größe verschwinde und zwischen dem Bettler und dem Kaiser kein Unterschied mehr sei, und welcher Unterschied dann zwischen irgend einem Knecht und irgend einem Schreiber, meinethalben Gemein- oder Staats- oder Kompanieschreiber –

Es gibt ja Menschen, die nicht dahin zu bringen sind, wo sie nicht allein reden können oder wo nichts von ihnen geredet wird, sondern vielleicht nur von Gott, Menschen, die um ihre teure Person eine solche Blase von Dünkel aufgetrieben haben, daß sie sich unendlich groß vorkommen und möglicherweise Andern auch. Sie mahnen mich an ungeborne Kinder in der Wasserblase, nur daß sie deren Unschuld nicht haben und eben aus der Blase heraus am heftigsten schreien. Kann ein Kühner die Blase zersprengen, dann schweigen sie kleinmütig. Die Kinder haben es umgekehrt. Begreiflich wagen sich Solche nicht in ein so enges Tal, an dessen schroffen Seiten die teure Blase zerspringen könnte, sie verstummen müßten. Sie gehen nicht dahin, wo Gott so nahe war, müßten sie doch da zusammenschrumpfen wie Käfer an der Sonne; sie fühlen es doch, daß Gott einen nicht für das nimmt, für was man sich selbst ausgibt oder was der Schneider aus einem gemacht. Solche Kreatürchen fliehen Gott oder leugnen ihn gar.

Es gibt aber auch eine Menge Menschen und besonders in der sogenannten ungebildeten Klasse, denen die Aufregung ihrer Gefühle wahre Wonne, eigentliche Wollust ist, und wenn sie zur tiefsten Demütigung führen sollte. Ein Instinkt läßt sie die hohe Bedeutung ihrer Gefühle ahnen und daß ein kindlich Gemüt sehe und vermöge, was dem Verstand der Verständigen unsichtbar, unmöglich bleibt. Zu Aufregung ihrer Gefühle haben sie keine künstlichen Anstalten, wo der Grad der Erwärmung am Thermometer haarscharf abgemessen wird; Gott sorgt ihnen aber für lauter natürliche, und zu denen drängen sie sich: zu Krankenbetten, Leichenbegängnissen, Brandstätten, Naturereignissen überhaupt; ja ich glaube, das Strömen zu Hinrichtungen sei bei sehr Vielen eine Folge dieses Instinktes. Wenn nur diese Gefühle nicht Nebel blieben, nicht zu Rauchwolken würden, sondern zu Hebeln des Lebens sich gestalteten! Der ist ein Herr der Menschen, der diese Gefühle zu erregen, bis zur Begeisterung zu steigern und dann, mit kundiger, sicherer Hand sie meisternd, in Taten zu verwandeln weiß. Aber ein niederträchtiger Schuft, ein verachtungswürdiger Pinsel ist, wer diese Erregbarkeit mißbraucht zu eitlem Spiel, zu eigner Ehre, zu selbstischen, sündigen Zwecken. Ach und solcher Schufte oder Pinsel ist voll die Welt!

Aber am Sonntag den 20. August sah man solche Pinsel nicht in dem unglücklichen Tale oder nur verstummte, da redete Gott selbst zu den geöffneten Herzen. Eine feierliche Stimmung hatte eine große Menge Menschen ergriffen weitumher und schwebte die ganze Woche durch über ihren Gemütern. Früh am Sonntag machten sie sich auf, und immer feierlicher ward ihnen ums Herz, je näher sie dem Schauplatz der Taten Gottes kamen. Es ward ihnen im Gemüte wie manchmal, wenn sie in verhängnisvollen Augenblicken des Lebens mit ergriffener Seele im Klang der Glocken ein hehres Gotteshaus betraten, in welchem volltönend die Orgel rauschte. Und wie zu einem berühmten Gotteshaus an heiligem Feste wallfahrteten von allen Seiten her Menschenmassen und drängten sich ins Tal.

Diesmal war die Sonne über dem unglücklichen Gelände

heiter aufgegangen, sie freute sich, den andächtigen Seelen zu beleuchten das Walten des Allmächtigen und dem Allmächtigen zu zeigen die andächtige Menge. Wie mit heiligem Schauer wehte es die Besuchenden an. Mit leisem, bebendem Schritt wandelten sie dem Brennpunkte der Zerstörung entgegen und hemmten in tiefem Staunen ihn oft; es verstummte das Schwatzen, und nur in einzelne Ausrufungen brach ihre Ehrfurcht aus. Ein kindlicher Glaube kam über sie, und keine Zweifel an das Wunderwürdigste, was die betäubten Bewohner ihnen erzählten, selbst es glaubend, stiegen in ihnen auf; daß große Kommoden und Schränke zu kleinen Türen und Fenstern herausgeschwommen, wurde mit dem gläubigsten Vertrauen angenommen und weiter erzählt. Wo die Verwüstung am gewaltigsten hervortrat, stunden die Wanderer in tiefer Ehrfurcht still wie an Altären Gottes und beugten in tiefer Ehrfurcht ihre Herzen vor des Herrn unendlicher Macht.

Die andächtige Menge sammelte sich in und um die beiden Kirchlein im obern Tale, und offene Ohren und offene Herzen fanden die Worte der Diener Gottes; aber eigentlich war das ganze Tal ein Gotteshaus geworden, eine heilige Kirche, jeder Wandelnde ein Beter und jeder Beter unaussprechlicher Seufzer voll. Es zog der Mann mit dem Weibe, die Braut mit dem Bräutigam, der Schatz mit dem Schätzchen, der Spaßvogel mit seinen Kumpanen; aber im Gefühl ihrer Niedrigkeit in der Nähe Gottes waren alle anderen Gedanken untergegangen, der Spaß vertrocknet, das Lachen verstummt und alles eins geworden im Bewußtsein, Staub zu sein in des großen Herrn Hand.

Es war ein heißer Tag, der Wein Bedürfnis geworden; aber seine sonstige Gewalt hatte er nicht, er weckte weder Scherz noch Streit, vertrieb die Andacht nicht. Niemand vergaß den heiligen Boden, auf dem er wandelte.

Die Scharen wogten feierlich wie Welle auf Welle das Tal auf und nieder, unübersehbar, ungezählt. Wahrlich, die Herzen des Volkes sind noch nicht flach- und hartgetreten, sind noch für die schönsten Gefühle empfänglich; aber leider verflüchtigen sich diese gar zu gerne in luftigen Dunst, werden nicht genährt und großgezogen, um als Taten die Herzen zu verlassen.

Aber wie im menschlichen Leben mitten in das Leid die Freude trittet, mitten in die Freude das Leid, so sprudelt oft in den tiefsten Ernst hinein das Lächerliche und umgekehrt. Hier erschien auf einmal mitten in der andächtigen Menge ein Engländer, über seinen glotzenden Augen der bekannte Strohhut und in den bekannten Armlöchern der Weste die glacierten Daumen. Woher er kam und wohin er ging, ist bereits zur Sage geworden, denn nach den Einen soll er das Tal hinauf-, nach Andern hinabgegangen sein. Er erschien in Röthenbach, wollte zu Fuß nicht weiter und verlangte nun in schwer zu beschreibender Sprache Transportmittel für seinen teuren Leib. Schwer war ihm begreiflich zu machen, daß man weder fahren noch reiten könne. Nun forderte er eine Sänfte; verdutzt sah man einander an, aber man besann sich lange nicht, was das eigentlich sei. Endlich fiel es jemand ein; aber was half das, da man in Röthenbach keine Sänfte hatte! Aber der Engländer wollte getragen sein, möge nun eine Sänfte dasein oder nicht. Die Leute waren zum Glück nicht auf den Kopf gefallen, sie stellten sich vor, jeder Sessel, auf dem man jemand trage, werde zum Tragsessel, also zur Sänfte. Sie dachten an einen alten Lehn- oder Nachtstuhl und zogen den aus seinem Winkel hervor; sie rissen von einem Mistbücki die Stangen weg und befestigten sie mit guten Seilen an den Nachtstuhl.

Um diese Anstalten versammelte sich eine bedeutende Menge, vergaß die Andacht, ergötzte sich an dem eigentümlichen Wesen des Engländers. Lachen war auf allen Gesichtern, und Witzworte flogen hin und her, reichlich und lustig. Er aber stund mitten in der lachenden, spottenden Menge mit den Daumen in den Armlöchern da, echt lordmäßig, stumpf oder erhaben; daß die gemeine Menge über ihn lache, daß er ihnen vorkomme wie den Spatzen ein Kauz am Tage, was kümmerte ihn das! Oh, so ein Engländer hat es in seiner Erhabenheit unendlich weiter gebracht als alle unsere vornehmen Söhnchen zusammengenommen; die begehren auf wie Rohrspatzen und Frösche im Teiche, wo so ein Engländer unbewegt bleibt wie ein Gott über den Kreaturen. Endlich unter großem Jubel setzte er sich mit hängenden Beinen und verschränkten Armen in den alten Sessel. Von zwei handfesten Burschen aufgehoben, von spaßtreibenden Scharen begleitet, begann er die Reise, und der Spott zog hinter ihm drein, kam auf allen Gesichtern ihm entgegen. Er aber blieb unbewegt, versuchte nur zuweilen seine ihm schwer werdenden Beine in eine andere Lage zu bringen, und teilte hie und da ein Geldstück aus. Er verschwand, wie er kam, man weiß nicht mehr recht wohin; aber hinter ihm blieb das Gerücht, er hätte gesagt, er verreise jetzt nach England und wolle es dort seinem Vetter sagen, wie übel es ihnen hier ergangen, und der müsse ihnen dann eine Million schikken, und diese Million wird noch heutzutage und in allem Ernst erwartet.

War er verschwunden, so verschwand mit seinem Anblick auch der Scherz, und stiller Ernst begleitete die Besuchenden bis in ihre Heimat. Mit dem Verschwinden des erschütternden Anblicks des Tales trat an die Stelle der Ehrfurcht und Demut die Teilnahme und das Mitleid mit den unglücklichen Beschädigten. Nicht satt wurde man im Erzählen, wie übel es dem und diesem ergangen, wie Gräßliches diese und jene hätten ausstehen müssen. Ihre Teilnahme verbreiteten sie wie Missionärs über das ganze Land, und die Meisten derer, welche zu geben und zu helfen gewohnt sind – und bei uns zu Lande ist diese Klasse weit größer als in Fürstenländern, sie geht von oben herab bis zum Tauner –, griffen an ihre Säcke und durchstöberten Spycher und Schnitztröge. Freilich gibt es auch eine Klasse, die nie gibt. Diese beginnt auch weit oben, geht aber dann hinab bis auf die Hefe der Menschheit. Da ists, wo mancher Hochgeborne, der für nichts Gefühl hat als für das Steigen und Fallen der Staatspapiere oder etwas von Trüffeln, und mancher Hochgewordene, der gerne viel vertut und ungern etwas bezahlt, am ungernsten Ehrenschulden, Bruderherz sagen sollte zum schmutzigsten Saukerl, der zu allem fähig ist, nur zu keiner Wohltat. Viele warteten nicht, zu geben, bis auf den angesetzten Tag des Sammelns, der von uns gerne auf den Bettag gesetzt wird, im Glauben: der Christ, der bei einem milden Gott Versöhnung suche, wisse wohl, daß nur ein mildes Herz sie finden könne. Und als der Tag kam, fielen die Gaben reichlich und willig, sogar im Bistum etwas, heißt es. Es ist sehr schön von den Brüdern da hinten, daß sie uns auch andere Lebenszeichen geben als die Sucht, zu regentelen, zu despöteln und uns ehrliche Altberner über das Kübli zu lüpfen. Es gab Mancher reichlich, der selbst beschädigt worden war, man gab reichlich ohne Unterschied der Farben; Schwarze und Weiße, getrennt durch Ansichten, wurden vereint durch Mitgefühl. Es wollte allerdings hie und da der Grundsatz auftauchen: Aug um Aug, Zahn um Zahn, und Stimmen wurden laut: Torheit seis, den nach allem Bernergut, Stadt- und Partikulargut lüsternen Bauern, die mit Gewalt oder Agentenkniffen ihrer Lust den Weg zu bahnen suchten, noch freiwillige Gaben auf das Land hinauszuwerfen; bei denen sollten sie jetzt Hülfe suchen, die stets so große Worte schwallsweis hätten fürs Volk und mit Anweisungen auf fremdes Gut so freigebig wären und mit hohlen Versprechungen so verschwenderisch, so schändlich und schäbig aber, wo es gelte einen Kreuzer aus dem eigenen Sack.

Aber diese verdüsterten Stimmen verhallten an dem echt republikanischen Sinn, der Meinungsverschiedenheit in einer Republik als notwendig anerkennt, an dem klugen Sinn, der wohl weiß, daß Härte keine Versöhnung bringt, an dem schlauen Sinn, der die Laster nicht annimmt, die seinen Gegner verhaßt machen, an dem billigen Sinn, der Augen hat für die Fehler auf beiden Seiten, an dem christlichen Sinn, der den armen Verwundeten nicht frägt, ob er ein Jude sei oder ein Samariter, ehe er Balsam schüttet in geschlagene Wunden.

Wo Politik nicht trennte, nicht verhärtete, da tat es sogenannte Religion. Du lieber Gott, was mag das für eine Religion sein, die Unglücklichen Hülfe versagt, weil sie wohl den gleichen Gott anbeten, aber nicht mit den gleichen Gebärden, mit dem gleichen Augenspiel! Schon lange wußte man, daß viele sogenannte Fromme kein Herz hätten, keine Hand öffneten für christliche Zwecke, wenn man diese nicht mit ihren Farben übertünche; aber daß man Hungernde nicht speisen, Nackte nicht kleiden wolle, weil sie nicht von «üse Lüte» seien, und daß Lehrer diese Lehre öffentlich predigten, das wußte man nicht. Und jetzt weiß man nicht, auf welches Evangelium sich diese Menschen stützen. Menschen, habt ihr des Herrn Worte? Der Buchstabe töte, sagt ihr. Habt ihr dann den Geist dessen, der für seine Feinde betete? O Menschen, bedenkt, aus den Werken erkennt man den inwohnenden Geist, im Segnen oder Fluchen auch gibt er sich kund. O Menschen, bedenkt, von welchem Geiste seid ihr besessen!

Über sechzigtausend Franken flossen zusammen im Ländchen, über sechs Franken pro Kopf. Will Östreich seinen

Ungaren in gleichem Maße steuern freiwillig, ohne die Hülfe des Staates zu rechnen, so muß es über fünf Millionen zusammenlegen. Wo Viele geben, wird die Summe leicht größer, als wo Wenige viel geben, und wo der Mensch leicht und frei atmet, da nur hat er Lust und Mut zum tätigen Mitgefühl.

Zur Verteilung dieser Steuer wurde ein Grundsatz aufgesucht, sorgfältig beraten, und folgenden fand man: Wer reich war und blieb, erhielt keinen Anteil an der Steuer; wer empfindlich geschädigt wurde, aber Vermögen behielt, zwei Zehntel seines Schadens; wer fast alles verlor, mit Mühe sich erhielt, drei Zehntel; die, welche ohne Vermögen waren, denen vielleicht der weggenommene Raub ihr einziges Besitztum war, fünf Zehntel. Bei Aufstellung dieses Grundsatzes dachte man sich in den Willen der Geber, die ganz sicher einem reichen Mann, der vielleicht reicher war und reicher blieb als sie, nichts gesteuert hätten, sondern den Bedürftigen, und auch diesen nach dem Maße ihres Bedürfnisses oder ihres Elends, dem ganz Entblößten mehr als dem nur hart Geschädigten. Und der, dem die Steuern zur Austeilung anvertraut worden waren, hatte volles Recht, eine Norm aufzustellen, und die gerechteste war sicher die, daß er so viel möglich nach dem Willen der Geber sich richtete.

Über den Grundsatz waren Einige unzufrieden, sie hatten unrecht. Dem armen Ghusmann, der seinen Zins geben mußte und alle seine Pflanzungen verlor, dem Schuldenbürli, dem der ganze Ertrag seines kleinen Heimwesens vernichtet worden, ging es sicher tiefer ins Leben als dem, der Tausende verlor, aber doppelt so viel Tausende behielt, oder dem reichen Bergbesitzer, der nur einige Kühe weniger sömmern, oder selbst auch, wenn er fortan nur Schafe statt Kühe auf seine Alp treiben kann. Und doch gibt es Arme, die klagen, die Reichen erhielten alles und sie nichts. Allerdings erhalten Besitzer, die um die Hälfte ihres Eigentums geschädigt worden, vielleicht tausend Franken verloren und fünfhundert Franken behielten, mehr als der, welcher nur ein klein Stücklein Land bepflanzt hatte und alles darauf verlor; aber ists nicht recht so? Doch wer will dieses Leuten, die nie fassen konnten, daß zweimal zwei vier sei, begreiflich machen!

Eine größere Unzufriedenheit noch entstund über die Schatzungen des Schadens in den verschiedenen Gemeinden. Gar Viele hielten alle Schatzungen für zu hoch, nur die ihre zu niedrig. Eine Schatzung, welche man am Morgen nach der Überschwemmung machte, vielleicht noch mit der Laterne, mußte natürlich ganz anders ausfallen als eine andere, die Tage oder Wochen später vorgenommen worden. Daß später Schätzer an einigen Orten in die Schatzung einen bleibenden Schaden einrechneten, während andere Schätzer nur den verlornen Raub anschlugen, weil sie glaubten, das Land selbst hätte eher gewonnen als verloren, konnte nicht vermieden werden und wurde auch nicht aufs Papier gebracht.

An einigen Orten nahm man die Schätzer aus den Gemeinden, weil ihnen der vorige Zustand am besten bekannt war; denen wirft man Parteilichkeit vor. An andern Orten wurden sie aus fremden Gemeinden genommen, damit man ihnen nicht Parteilichkeit vorwerfen könne; die nun beschuldigt man, daß sie das, was sie geschätzt, nicht gekannt hätten, indem ihnen der frühere Zustand nicht bekannt gewesen sei. So findet der Unzufriedene Stoff, zu klagen, man mag es machen, wie man will. Vielleicht wäre eine unparteiische Revision aller Schatzungen nicht übel gewesen, aber wer hätte sie mit Sachkenntnis machen wollen der ganzen Emme nach?

Die Austeilung der Steuer begann so schnell als möglich, und wenn es schon Manchem lange zu gehen schien, so bedachte er nicht, daß an andern Orten in ähnlichen Fällen es noch weit länger ging, daß hier doch nicht wie an andern Orten in ähnlichen Fällen Korn, Schnitze, Erdäpfel schmählich verdarben bei solcher Zögerung, ohne einem Menschen zugut zu kommen, und daß für Viele diese Zögerung eine große Wohltat war; denn sonst hätten sie längst alles gebraucht, schon für den Maien nichts mehr gehabt, geschweige denn für den langen Brachet, der vor der Türe ist.

Daß die Austeilung eine treue ist, daran zweifeln nur Mißtreue, und es behaupten zum Beispiel nur Niederträchtige, es kämen geschenkte Hammen vor der Austeilung abhanden. Wer wird wohl die Million müssen gestohlen haben, die nicht kömmt aus England? Wird sie vielleicht ein ehrlicher Polizeier in seiner Ledertäsche verkräzt haben müssen? Wenn schon ein solcher, den die Gemeinde in allem Wind und Wetter herumpostet und ihm seine Kutte nie plätzen läßt, in Versuchung käme, etwas für einen ganzen Rock beiseite zu schaffen, zum Beispiel eben die Million aus England, so würde den armen Schelm sicher niemand deshalb hängen wollen.

Wie Regen auf vertrocknetes Land flossen die Steuern aller Art in die mangelbare Talschaft, taten wirklich unsäglich wohl, hielten die Leute aufrecht, hielten ferne dringende Not, und mildtätige Gläubiger machten mit Warten und Schenken ihren Schuldnern neuen Mut. Aber wie die Steuern den Leib erquickten, ihn nährten, gesund erhielten, so sollten sie auch das Herz erwärmen zur Dankbarkeit, es begeistern, die empfangenen Zeichen der Liebe an Gott und Menschen zu vergelten mit Liebe und Treue. Sie sollten allen schreiben ins Herz hinein: der Herr, der den Wassern ihre Kammern geöffnet zur Wohltätigkeit, dieser Herr habe damit auch ihre Herzen öffnen wollen der Erkenntnis, daß er der Herr sei, nehmen und geben könne nach seinem Wohlgefallen, daß er der Herr bleiben, die Kammern seiner Herrlichkeit öffnen werde, je nachdem die Geprüften ihm ihre Herzen aufgetan, ihn kindlich aufgenommen in dieselben und kindlich seinem Walten sich ergeben.

Wo die erhaltenen Gaben aufgenommen wurden mit Freude und Dank, da tun sie nicht nur dem Leibe wohl, sondern gereichen auch der Seele zur Seligkeit; wo sie aber ein ungenügsames Herz finden, Neid und Mißgunst, da bringen sie den Unsegen ins Haus und in die Seele hinein neue Schuld. Eine süße Sache wird bitter im Munde, wenn gallicht die Zunge belegt ist; so erzeugt die schönste Gabe in sündigen, verbitterten, eigensüchtigen Herzen nicht reine Freude, nicht lautern Dank, sondern ganze Heeresscharen von bittern, sündigen Gefühlen, und diese Gefühle brechen dann aus in Vorwürfe aller Art, in harte Worte gegen Geber und Mitbeschenkte.

Es gibt wahrhaftig nichts, das wohltätige Menschen schwerer prüft und sie dringlicher vom Geben abmahnt als die Art und Weise, wie bei großen Unglücksfällen reich gespendete Steuern empfangen, besprochen, gebraucht werden. Solche Steuern fallen oft wie eine wahre Hadersaat unter die Besteuerten, und die Geber hören nicht sowohl Dank für das Empfangene als Klagen über das, was die Besteuerten zu wenig erhalten, mehr Äußerungen des Mißvergnügens als der Freude; ja manchmal scheint es den Leuten kaum der Mühe sich zu lohnen, die Geschenke abzunehmen, und am Ende wird gar nicht oder erst nach Jahren Bericht gegeben, ob man die Geschenke habe verfaulen lassen, ob sie verteilt worden oder sonst abhanden gekommen seien. So eine ehrliche Frau, wenn sie tief in Säckel und Schnitztrog greift, ergötzt sich wohl in Gedanken, wie die armen Leute luegen werden, wenn ihre Gabe kömmt, wie sie mit tränenden Augen den Wagen umstehen, Gott und der Geberin mit gerührtem Herzen danken und jede herausgehobene Gabe aufs neue preisen und loben werden. Hie und da mag ihr Traum in Erfüllung gehen, aber wenn sie andere Male sehen könnte, wie die Leute sich zanken um den Wagen herum, wie sie nur darin eins sind, die Gaben auszuführen, wie man sie fast nicht abnehmen mag und doch keins dem Andern seinen Teil gönnt, und wie leichtsinnig man damit umgeht, es würde der guten Frau ein andermal sicher eine schwere Überwindung kosten, ebenso tief in Säckel und Schnitztrog zu greifen.

Für den eigentlichen Menschenfreund ist es wahrhaftig ein erschütternder Anblick, zu sehen, was die Herzen von Unglücklichen gebären, nicht sowohl in der Stunde des Unglücks, als wenn die Hülfe kömmt von guten Leuten. Es ist da, als ob der Bodensatz jedes Herzens aufgerührt würde und Zeugnis ablegen müßte auch über das innere Elend. Ich will nicht näher das traurige Tun bezeichnen, nicht mit einzelnen Zügen es belegen, nicht sagen, daß es gerade jetzt in Eggiwyl oder Röthenbach so zugeht, aber bei dieser Gelegenheit möchte ich den Beschädigten aller Art und aller Orten dringend zu Gemüte führen, daß sie ja doch ihre Herzen bewahren möchten vor Neid, Ungenügsamkeit, Mißtrauen, Selbstsucht, Unredlichkeit. Denn wo diese zutage treten, verurteilen sie nicht nur die Herzen und bringen den Unsegen über die Gaben, sondern sie töten bei Vielen das Mitleid, oder es bildet sich wenigsten das Urteil, daß die Begabten keine Gabe verdient hätten. Ich kenne einen verunglückten Ort, wo das wüste Betragen der Leute an den Steuern mehrere tausend Franken schadete und die meisten Geber reuig wurden, daß sie die milde Hand aufgetan.

Unglückliche hätten doch so dringende Ursachen, ihre Herzen zu bewahren, denn der Herr, der ein Unglück gesendet, kann ein zweites zum ersten fügen, kann seine Blitze schleudern alle Tage, kann seine Wasserkammern öffnen zu jeder Stunde, und wie würde ihnen dann sein, wenn ihr Streit und widerwärtig Hadergeschrei der Geber Herzen verschlossen hätte, milde Hände sich ihnen nicht mehr öffnen wollten!

Von ganzem Herzen sollte jeder dem Herrn danken, fröhlich sein über seine Gabe und sich freuen über die Gabe seines Nächsten. Was der Eine erhalten, was der Andere, beides kömmt aus des Herrn Hand; er hat es geordnet, wieviel, nicht mehr, nicht weniger, jeder erhalten solle. Darum sollte niemand mit Neid sich versündigen gegen den Herrn. Und wenn bei weitem die Steuer den Verlust nicht deckt, den Erwartungen nicht entspricht, warum das Murren und Klagen? Wer ist schuld an zu hoch gespannten Erwartungen? Betrachte man doch nicht das Verlorne, sondern das Empfangene, das niemand schuldig war zu geben, bedenke, wie einem wäre, wenn man gar nichts erhalten hätte, worüber man niemand mit Recht Vorwürfe machen könnte; dann erst kann man dankbar werden, kann sich freuen über seinen Gott, der uns nicht vergessen, freuen über die Geber alle zu Stadt und Land, die um Gott und der Liebe willen so viel gegeben, freuen, daß der Nachbar nicht vergessen worden in seiner Not.

Dann wäre Segen in jeder Gabe, und in jedem Herzen duftete das köstliche Blümelein als köstlicher Weihrauch dem Herrn, das Blümelein der Liebe, und aus ihm wüchse die goldene Frucht der Treue, der Treue in guten und bösen Tagen, durchs ganze Leben bis in den Tod. Dann würde erfüllt an den Bedrängten die Verheißung, daß allen, die Gott lieben, alle Dinge zum Besten dienen müssen, Geben und Nehmen, Unglücklichsein und Unglücklichen Helfen.

Alles tut der Herr, damit jede Schickung also an den Seelen gedeihe, zu ihrer Läuterung diene, und der Mensch hat Ohren und höret nicht, Augen und siehet nicht, und sein Verstand will nicht fassen des Herrn lebendige Predigt.

Traurig, grausig sah im letzten Herbst das Tal aus, alle Tage schien es düsterer zu werden, so wie die Tage trüber wurden; eine Wüste schien es Vielen, zu ewiger Unfruchtbarkeit verdammt, und sie hoben die Hände jammernd auf und frugen Gott, wo sie nun Speise pflanzen, Nahrung suchen sollten, da der Boden, der Speise ihren Vätern gegeben, verwüstet sei.

Schweigend antwortete der Herr auf diesen Jammer. Er deckte mit Schnee die Erde, das ganze Tal der Verwüstung zu, damit auch es schweige und sein Anblick nicht fort und fort jammernd rede zu den Talbewohnern und sie sich sammeln möchten, um mit besonnenem Mut neubelebt ihre Kräfte walten zu lassen, wenn zur Arbeit die Sonne rufe.

Aber wie unter dem Schnee hervor im Winter die Tiere des Waldes ihre Nahrung scharren, so gibt es Menschen, die auch unter dem Schnee hervor Nahrung kratzen für ihr mißvergnügtes Herz, das keine andere Arbeit kennt, keine andere Lust, als Klage auf Klage ausströmen zu lassen gegen Gott und Menschen. Ein feuerspeiender Berg ruht doch noch zuzeiten, seine Feuerströme verglühen, selbst das Grollen in seinem Schoße schweigt; ein stolzes Herz aber schweiget nimmer, seine Ausbrüche strömen fort und fort; selbst wenn die Emme austrocknet in den heißen Sommern, vertrocknen diese nicht; selbst wenn Fluß und See zusammenfrieren in hartem Winterfrost, bleibt flüssig der Klagestrom mißvergnügter Herzen. Was doch wohl für Materie sein mag in einem solchen Herzen!

Doch hat sicher auch manches Herz den Winter durch sein Gleichgewicht wieder gefunden, hat Mut gefunden und Zutrauen, zu arbeiten, hat den Glauben neu gefaßt, daß Gott nur den verlasse, der sich selbst verläßt.

Lange schwieg der Herr, lange ließ er bedeckt die Erde; lange Zeit, Mut und Glauben zu fassen, gab er den Menschen.

Endlich zog er die Decke weg, hauchte neue Kräfte der Sonne ein und redet nun laut und immer lauter von Tag zu Tag. Es knospen die Bäume, lustiges Grün drängt sich allenthalben aus Schlamm und Sand hervor, und wo eine fleißige Hand dem Schlamm oder Sand Samen anvertraute, da steigt zutage eine üppige Saat.

Wohl sind noch wüste Stellen im Boden, sind tiefe Furchen an den Bergen; die einen werden nie, die andern lange nicht vergehen, aber bald wird der größte Teil des Tales neu geboren sein wunderbarlich, wird aller Welt verkünden, wie groß des Herrn Werke seien und wie herrlich über der Erde seine Güte, wie seine Allmacht Nacht in Tag verwandle und wüste Zerstörung in helle Pracht.

Ein Tor möchte sagen, die gepriesene Weisheit und Güte komme ihm vor wie mutwilliges Kinderspiel, das auch zerstöre, um wieder von vornen beginnen zu können. Der arme Tor kennt Gottes Walten nicht, weiß nicht, daß in der Zerstörung immer der Keim einer herrlicheren Schöpfung liegt, daß alles, was Gott schaffet, sichtbarlich ein Spiegel des Unsichtbaren ist, ein Spiegel dessen, was vorgeht in des Menschen Seele, dessen, was vorgehen sollte in derselben. Der gute Gott findet es nötig, selbst zu predigen und durch seine eigene Predigt selig zu machen, die daran glauben. Er redet leise, meist im Säuseln des Windes, aber er redet auch gewaltig, harte Ohren aufzusprengen. Und wenn er laut redet über Berg und Tal, dann zittert Berg und Tal, und das blasse Menschenkind schweigt in tiefem Schauer; es weiß, wer redet. Und wenn des Herrn Predigt Berge gespalten, Täler verschüttet, Menschenglück und -arbeit zerstört hat durch feurige Blitze, durch der Wasser Gewalt, so hat der Herr dem

Menschen gezeigt seine Majestät und die Haltlosigkeit dessen, was am festesten scheint auf der Erde, und mit den empörten Wassern macht er ihm verständlich empörte Leidenschaften und daß sie es seien, die Häuser brechen, Leben töten, Länder verzehren.

Und wenn der Herr jetzt redet im Frühlingswehen, im grünen Grase, das dem Schlamm entsprießt, in den Blüten der Bäume auf dem Schuttfelde, so ruft er auf zu frohem Mut, zu heiterer Hoffnung, die in tiefster Nacht nie an dem kommenden Tag verzagt, so will er weisen auf versandete, verschlammte, versteinerte Herzen, will sagen, daß es auch da grünen und blühen sollte und könnte, daß wie graus, wie hoffnungslos ein Herz aussehen möge beim ersten Anblick, bei dem Herrn alle Dinge möglich seien; wie mit des Herrn Hülfe der Mensch das trostlos scheinende Tal wieder blühend machen werde und reich, so könne und solle jeder Mensch, so unfruchtbar und versteinert er auch scheinen möge, neu geboren werden zum Grünen und Blühen, zum Fruchtbringen in Liebe und Treue.

Es klingt im Frühlingswehen die Verheißung: wie lieblich das Tal sich gestalte im warmen Hauche des Herrn, wie schauerlich es gewesen nach der Wasser wildem Wüten, so schauerlich sei anzusehen das von Leidenschaften zerrissene, so unfruchtbar das mit sündigen Gelüsten überschlammte Herz, so lieblich werde es aber allgemach auch in diesem zerrissenen und überschlammten Herzen, wenn des Herrn Lüfte wehen, seine Sonne leuchtet in diese Herzen und in diesen Herzen die alles vermögende gebärende Kraft hervorrufe, die Liebe. Da rege sich dann das Gute und Schöne, baue und treibe auf dem verödeten Boden himmlische Pflanzen und Blumen, deren Duft nicht vergeht, deren Grün nicht verwelkt, die keine Wasserflut wegspült, die dann aus dem Leben in den Himmel wachsen und dort Kronen werden allen, die hier treulich bauen und säen, aber nicht nur Weizen und Korn auf ihres Ackers Boden, sondern auch des Herrn mündlich und schriftlich Wort auf ihres Herzens Grund.

So, ihr Emmentaler, predigt euch der Herr mit selbsteigenem Munde. Tut nun eure Ohren auf und hört des Herrn Predigt, erkennet sein gütig Leiten, die Wunder seiner Allmacht im Tale; verstehet ihn aber auch, den Herrn, der durch das Sichtbare erwecken, beleben, beseligen will eure unsichtbaren Seelen! Bauet und säet munter, unverdrossen in den Schoß des neubelebten Bodens, freuet euch, wie die Saat herrlich gedeiht in des Allmächtigen Segen; aber dieses Sichtbare sei euch nur der Spiegel, in dem ihr erblickt das Unsichtbare, wie an den Herzen Arbeit nottue, wie auch da bei dem Mutigen, Unverdrossenen der Segen des Herrn sei und auf dem wüstesten Herzensboden herrlich gedeihen könne, was mit des Herrn Hülfe gesäet wird! So werden dann euer Tal und eure Herzen wetteifernd grünen und blühen zur Ehre des Herrn, herrlicher von Jahr zu Jahr, und jede wüst gebliebene Stelle im Tale und in den Herzen ist nur ein neuer Sporn zu neuer Arbeit, ein neuer Trieb, die Hülfe des Herrn zu suchen und mit dieser Hülfe zu bauen und zu säen auf irdischen und geistigen Boden. Ein glückliches Leben geht dann über dem Tale auf, das kein Donner erschüttert, keine Lawine begräbt, keine Emme zerstört; jedes Herz wird zum blühenden Baum, und zwischen den Herzen klemmt nichts mehr trennend sich ein, sondern eins sind alle im Wetteifer, zu säen und zu bauen dem Herrn zu Lob und Ehre, und von oben senkt dann die unsichtbare Himmelsleiter ins Tal sich nieder, auf der alle Tage alle Herzen in den Himmel steigen, bis sie der Vater reif erfindet für den Himmel und sie behält in seinem Schoße. So wird zum Heil, was man mit blutigen Tränen empfangen, wird zum Born der wahren Kraft, was zuerst eine Quelle von Not und Verzweiflung schien.

Nun gilt aber des Herrn Predigt nicht den Talbewohnern allein, sein Wehen säuselt um alle versandeten, verschlammten Herzen. Wie der Donner seiner Stimme in den Tagen des Augusts Tausende aufrief und Tausende versammelte im unglücklichen Tale, über sie ergoß das Gefühl ihrer Ohnmacht und seiner Allmacht, daß sie ihre Herzen beugten in unaussprechlicher Ehrfurcht und zitternd baten, daß er sie nicht zertreten möchte, so ladet er nun wieder jeden ein mit lauen Lüften, warmen Sonnenstrahlen, zu kommen und zu schauen, wie lebengebend er sei, wie er aus dem Graus der Verwüstung hervorrufe neues Grün, neue Blumen, Früchte verheißend, und immer reichere und schönere, je weniger der Mensch Mut und Vertrauen verloren, damit jeglichem der Glaube aufgehe, daß auch auf seines Herzens Boden es grünen und blühen könne, wenn er ihn ausbreite der Sonne des Herrn und mit Glauben und Vertrauen zu pflanzen versuche auf demselben.

So kommt dann und höret auf des Herrn Frühlingsrede und empfanget mit ihr in öden Boden den Samen, der zur Seligkeit reifet! Und könnt ihr nicht kommen, so schauet eure Matten, eure Bäume, wie reich und wunderschön des Herrn Frühlingswehen sie gemacht, und lasset dann das gleiche Wehen auch an eure Herzen dringen, daß auch da ein neues Leben auferblühe, ein unvergängliches, wunderlieblich, wunderkräftig Leben! Schauet jeden Tag, jetzt, und wenn die Sonne höher steigt, und wenn sie wieder tiefer sinket, rings um euch; erkennet, was der Herr tut, höret, was er predigt dem Leibe zum Heil, der Seele zur Seligkeit! Die Himmel erzählen die Ehre Gottes, und die Ausdehnung verkündet seiner Hände Werk, und je ein Tag nach dem andern quillet heraus mit seiner Rede, und je eine Nacht nach der andern zeiget Weisheit an. Sie haben zwar keine Rede und keine Worte, doch wird ohne diese ihre Stimme gehört. Ihre Schrift gehet aus in alle Lande und ihre Rede an das Ende des Erdkreises.

Würden so unsere Augen den Herrn schauen, so würden auch unsere Grundsätze des Herrn voll; dann würde jeder Ort, den unser Fuß betrittet, zur Kirche, jeder Tag zum heiligen Fest, das ganze Land zum großen Gotteshaus, gläubiger Beter voll, horchend auf die Stimme des Herren. Dann würde aber auch eines jeden Leben ein Loblied auf den Allerhöchsten, jedes Herz ein Dankaltar, und jeder Mund würde beten aus Herzensgrund: «Herr, wie du willst, und was du gibst, ist unserer Seelen Seligkeit.» Und die Engel des Herrn, die Freude, die nie verglüht, der Friede, der über allen Verstand geht, die Freiheit, die keine irdische Gewalt erzwingt, der Glaube, der Berge versetzt, die Liebe, die alles überwindet, würden Wohnung machen in unserm Ländchen in allen Hütten, und Ländchen und Hütten würde erfüllen des Herrn Segen und unaussprechliche Wonne.

Darum lasset die Predigt des Herrn euch zu Herzen gehen! Ich habe sie zu deuten versucht auf meine Weise, in der Liebe und ohne Furcht; ich wollte zeigen, wie des Herrn Tun zu verstehen sei dem verständigen Gemüt. Möglich, daß ein Anderer des Herrn Predigt besser verstanden, dann rede er! Und seine Rede wird ein neues Zeugnis sein, wie reich des Herrn lebendig Wort zu jeder Stunde über die Menschenkinder sich ergießt, wie not es täte dem, der Ohren hat, zu hören auf dieses nie verstummende Wort.

Wie Joggeli eine Frau sucht

****

Im Bernbiet, aber ich sage nicht wo, liegt ein Bauernhof an sonnigem Rain. Birn- und Apfelbäume, mächtig wie Eichen, umkränzen ihn, Alleen von Kirschbäumen laufen von ihm aus nach allen Seiten, und fast so weit am Hügel das Auge reicht, breitet sich um denselben aus ein wunderschöner grüner Teppich, kostbarer, als ihn ein König hat: hunderttausendpfündige Matten.

Unterm breiten Dache sprudelt ein prächtiger Brunnen, vor den blanken Fenstern stehn einige Blumenstöcke, und ums ganze Haus herum ist es lauter Sonntag, das heißt aufgeräumt und sauber; kein Strohhalm liegt herum, kein Spänchen ist zu sehen. Auf schöner grüner Bank sitzt ein schöner brauner Bursche, schaut nachdenklich hinauf in die dunklen Wälder, die am jenseitigen Hügel liegen, und langsam, schwermütig steigt zuweilen ein Tabakswölkchen aus seiner fast erlöschenden Pfeife.

Es ist Joggeli, der reiche, ledige Besitzer des schönen Hofes. Seine Mutter ist ihm jüngst gestorben, die so trefflich ihm die Wirtschaft geführt, ihm so lieb gewesen war, daß er gar nicht heiraten wollte, obgleich ihm die Mutter alle Tage zusprach, eine Frau zu nehmen. Rechte Mütter haben nicht gerne ledige Kinder, denken sich die Söhne nicht gerne als alte Sünder.

Jetzt führen ihm die Mägde die Haushaltung und schlecht genug. Seit seine Mutter gestorben war, legten seine Hühner nicht mehr, wenigstens bekam er wenig Eier zu Gesicht, die Kühe gaben schlechtere Milch, er konnte immer weniger Butter verkaufen, und die Schweine sahen ihn aus ihrem

Troge hervor mit verweinten Augen an, klagend über schlechtes Fressen, und doch hatte er nie so oft Korn für sie fassen müssen. Noch nie war so wenig gemacht, gesponnen worden, er brauchte immer mehr Tagelöhner, und doch hatten die Mägde nie noch über so viele Arbeit sich beklagt und nie so wenig Zeit gehabt, das zu tun, was er befahl. Die Ermahnungen der guten Mutter stiegen ihm immer mehr auf, er dachte immer ernstlicher ans Weiben, und je mehr er daran dachte, desto mehr grausete es ihm davor.

Joggeli war nicht etwa so ein Haushöck, der nie von Hause wegkam, die Mädchen nie anreden, höchstens ansehen durfte, sie nur vom Hörensagen kannte. Er war ein lustiger Bursche, in der weiten Umgegend kannte er alle Dirnen, und wenn irgendwo ein hübsches reiches Mädchen unterwiesen wurde, so war er meist der Erste unter dessen Fenster. Aber Fenstern ist noch nicht Heiraten, und das war, was ihm Kummer machte und eben deswegen, wie er meinte, weil er die Mädchen nur zu gut kannte. Es sei nicht alles Gold, was glänze, und die Mädchen zeigen den Burschen gewöhnlich nur das Glänzende, pflegte er zu sagen, und das zu sehen, was nicht glänze, werde meist erst dem Ehemann zuteil. Dieses zu beweisen, wußte er Beispiele von Exempeln anzuführen, daß einem fast schwarz vor den Augen wurde.

Er wüßte wohl, sagte er, zu einer reichen und hübschen Frau zu kommen, aber er wolle auch eine freine, fromme, fleißige; denn was hülfen ihm Schönheit und Geld, wenn Zanksucht dabei sei und Kupsucht und wie die Suchten alle heißen mögen! Ein zanksüchtig Mädchen gebe eine alte Hexe, sagte er, einem kupsüchtigen saure alle Milch im Keller, und es kriege zuletzt ein Gesicht, gegen welches ein altes Judenkrös ein Prachtstück sei. Von einem geizigen Mädchen wolle er dann gar nicht reden, das werde ja zuletzt ein

Geschöpf, gegen das der alte Drache auf der Gysnaufluh ein purer Engel sei. Nun sei aber das das Verflümeretste, daß man nie recht wissen könne, ob man eine Hexe, ein alt Judenkrös oder den alten Drachen selbst ins Haus kriege; denn alle diese Greuel seien meist schon im Mädchen eingepuppt, hinter glatter Mädchenhaut verborgen, und gar oft mache das Mädchen vor dem Hause und hinter dem Hause und besonders im Wirtshause das zärtlichste Gesicht, dem im Hause der Drache fußlang aus den Augen sehe und seine Krallen schon im Ankenhafen und in der Tischdrucke habe. Sobald ein Mannsgesicht über die Küchentüre hineinsehe, fahre der Drache in seine Höhle, und während das Mädchen holdselig lächle, wetze derselbe seine Krallen und denke: Warte nur, bis ich dich habe, dann will ich dich! Auf das Berichten von anderen Leuten könne man sich auch nicht verlassen, am allerwenigsten einer, der heiraten wolle. Von allen Seiten werde der angelogen. Man bezahle Leute, welche das Mädchen bis in den Himmel erheben sollen, und bezahle wiederum Leute, die es auszumachen hätten, als ob es in keinen Schuh gut wäre und man mit ihm ein Bschüttiloch vergiften könne. Da möchte er doch wissen, wer so eine feine Nase hätte, daß er immer richtig unterscheiden könne, ob die Leute bezahlt seien, um zu schelten, oder bezahlt, zu loben, oder gar nicht bezahlt. Nun möchte er wohl eine Frau, allein so hineintrappen und einen Schuh voll herausnehmen, das doch auch nicht. Wie das aber zu vermeiden sei, es auszusinnen, habe ihn schon oft fast wirbelsinnig gemacht.

Wenn Joggeli, der doch zu Kilt gehen und aus Pflanzplätzen und allerlei sonst immerhin in etwas auf die Tüchtigkeit eines Mädchens schließen konnte, in solcher Verlegenheit war, in welcher muß da nicht ein Stadtherr sein, der die Stadtmädchen nur an Bällen, in Soireen, in der Komödie oder in einem Konzerte sieht, der, er mag es machen, wie er will, nur ihre Sonntagsgesichter erblickt, keine Arbeit von ihnen zu Gesicht bekommt, ja selten mehr ihre Hände ohne Handschuhe!

Guter Rat ist meist sehr teuer, indessen kömmt er auch über Nacht umsonst. Eines Morgens zwischen Heuet und Ernte, wo die Bauerntöchter meist zu Hause waren, einige am Strümpfeplätzen sich versuchten, andere dem Weber spulten, die dritten im Garten grupeten oder ums Haus herum fiselten, sagte er seinen Leuten: Er wolle ins Luzernerbiet um ein Roß aus. Dort seien weniger Tage im Jahr als hier, jeder Tag wenigstens zwei Stunden kürzer, daher werde weniger Geld verdient, daher alle Sachen dort wohlfeiler als bei uns, und wenn er schon acht Tage lang nicht wiederkomme, so sollten sie nicht Angst haben um ihn.

Joggeli ging fort, doch sah man zur selben Zeit im Luzernerbiet keinen Joggeli, der nach Rossen gefragt hätte. Aber zur selben Zeit sah man durch das Bernbiet einen Kesselflicker ziehen, den man vorher und nachher nie wahrgenommen hat und von dem man noch immer reden hört, obgleich seither wenigstens fünfzig Jahre verflossen sind. Es war ein langer Bursche mit rußigem Gesicht, der das Handwerk noch nicht lange getrieben haben konnte, denn er war gar langsam dabei und ungeschickt dazu, und wenn ein nur leicht verwickelter Fall vorkam, so wußte er sich nicht zu helfen.

Am meisten fiel bei ihm auf, daß er keine Regel hatte in seinen Forderungen und keine Ordnung im Arbeitsuchen. Er übersprang ganze Reihen Häuser, fragte bei keinem einzigen nach verlöcherten Pfannen oder zerbrochenen Kacheln; er strich, ohne still zu stehen, durch ganze Dörfer. Wiederum konnte er vor einem Hause, einem Hofe einen ganzen Tag leiern, ohne daß man eigentlich wußte, was er tat. Er stotzte in der Küche herum, schnausete alles aus, war jedermann im Wege und ging am Ende abends nicht einmal fort, sondern forderte noch ein Nachtlager. Er hatte alle Augenblicke etwas nötig, strich, um es zu fordern, den Töchtern des Hauses oder den Mägden nach, suchte mit ihnen zu wortwechseln, sie zu versäumen, und wo er über Nacht blieb, da erlaubte er sich gar unziemliche Dinge und trieb es so weit, daß man fast glauben mußte, er versuche, wieviel es erleiden möge, ehe man Schläge kriege. Auch ließ er schon geheftete Kacheln aus der Hand fallen, daß sie in tausend Stücke sprangen, forderte unverschämten Lohn, branzte über die Menge der gemachten Arbeit, kurz er war der widerwärtigste Bengel, der je das Land durchstrichen hatte.

Deswegen auch wurde er von manchem Hause weggejagt mit Fluchen und Schelten. Ertaubete Bauern hetzten ihm die Hunde nach und drohten mit Steinen und Stecken; erboste Bauerntöchter warfen ihm Kachelstücke nach, gaben ihm Titel, mit denen man einen Hund hätte räudig machen können, und schnitten ihm Gesichter, neben welchen der geschundene Kopf einer Kröte ein anmutig Luegen war. Zu diesem allem lachte der Kerli nur, gab spöttische Antworten, nannte die Bauern Muttestüpfer, die Töchter Zyberligränne, und wenn man ihm den geforderten Lohn nicht geben wollte, so sagte er wohl: Er begehre gar nichts, einem solchen Lumpenbürli, der seiner Tochter nur kudrige Strumpfbändel vermöge und knöpfig Haarschnüre, sei er noch imstande ein paar Kreuzer zu schenken. Man kann denken, was ihm dann alles nachfuhr auf solche Reden hin; aber als ob er das gerade so wollte, ging er lachend von dannen. Hätte der Kesselflicker in dieser Zeit gelebt und hätte er auch schreiben gekonnt, so würde er wahrscheinlich die Welt mit Reisebildern oder Wallfahrten beschenkt haben.

So hatte er am dritten Tag seiner Wanderung ein großes

Haus, das am Ende eines Dorfes lag, erreicht in vollem Laufe. Eine schwarze Wolke schwebte am Horizont und sandte flimmernden Regen herab in reichem Gusse. Kaum hatte er sich geschüttelt unter breitem Dache und seine leichte Boutique abgestellt, so kamen durch das Gras unter den Bäumen her andere Gestalten hergerannt mit Hauen auf den Schultern, Fürtücher die Mädchen über die Köpfe, die Schuhe in den Händen die Bursche, alles dem breiten Dache zu: es war das Gesinde, welches zum Hause gehörte und Erdäpfel gehacket hatte. Hinter ihnen drein sprang etwas unbehülflich eine zimperliche Gestalt, besser angezogen als die Andern, aber eben nicht zu solchem Wettlauf eingerichtet. Als sie ankam, schäkerten bereits Mägde und Knechte mit einander, und ein dralles Mädchen schlug Sami, dem Melker, das nasse Fürtuch um den Kopf. Da zog Rösi, das zuletzt angelangte Mädchen, die Tochter des Hauses, ein gar schiefes Gesicht, warf Stüdi, dem drallen Mädchen, seine Haue und sein Fürtuch zu, hieß ihm beides abseits tun und tat selbst zimperlich unter den Andern und trippelte mit allerlei Gebärden um die Knechte herum und übte den eigenen Augenaufschlag und das Blinzen durch die Augenecken, welche beide zu Stadt und Land wohl bekannt sind. Endlich kam die Mutter unter die Türe, eine lange, hagere Frau mit spitzer Nase, und hieß die Tochter, statt da außen zu galpen, sich trocken anzuziehen; sie wisse ja wohl, wie sie eine Leide sei, nichts erleiden möge und gleich auf dem Schragen liege.

Bei dieser Frau meldete sich auch der Bursche um Arbeit. Er erhielt zur Antwort, daß er warten müsse bis nach dem Essen, man hätte jetzt nicht Zeit, ihm die Sachen zusammenzusuchen. Bescheidentlich fragte er, ob er nicht mitessen könne, er wolle sich gern vom Lohne abziehen lassen dafür. Man wolle ihm etwas füruse geben, hieß es. Er setzte sich vor die Küchentüre, aber lange ging es, bis das Essen aufgetragen wurde, und noch länger, bis er etwas kriegte. Bald fehlte eine Kachle, bald eine Kelle beim Anrichten; bald schrie die Frau: «Stüdi, weißt du, wo der Waschlumpen ist?» und bald: «Rösi, wo hast du den Schiggoree?» Und als sie schon alle bei Tische saßen, schoß bald eins in die Küche, bald eins in den Keller, denn bald fehlte Milch auf dem Tisch, dann war kein Brot vorhanden. Endlich brachte man auch ihm etwas heraus, das eine Suppe sein sollte, aber aussah wie schmutziges Wasser, in dem ein Mehlsack ausgeschwenkt worden, ein aschgraues Gemüse, welches ehemals Schnitze gewesen, in himmelblauer Brühe schwimmend, und dazu ein Stücklein Brot, das von einem alten Wollhut, der lange in einem Krüschkasten gelegen, abgeschnitten schien. Er merkte sich das Essen wohl, aber aß es nicht, sah dagegen, wie Rösi, als nur noch die Mutter in der Küche war, für sich köcherlete und endlich ein verstrupftes Eiertätschchen zum Vorschein brachte und ins hintere Stübchen spedierte, wie es sich darauf eine Zeitlang im Keller aufhielt und mit einem verdächtigen Weingeruch heraufkam. Als alle wieder in die nassen Erdäpfel gegangen, sogar die Mutter, der Vater aber, ein ehrlicher Schlirpi, irgendwo auf dem Ohr lag, sah er, wie Rösi, wahrscheinlich mit einem Restchen des Eiertätsches, in den Futtergang ging, wo der Melker Futter rüstete für die Rosse.

Als diese Promenade zu Ende war, setzte sich Rösi zu ihm auf die Bank, bohrte an einer Lismete mit ungewaschenen Fingern und frägelte ihn allerlei aus, tat wie ein Meisterlos und hörte ohne Zucken alle Dinge, sie mochten sein, wie sie wollten, die der Kesselflicker zu sagen beliebte. Und dieses Rösi war das gleiche Mädchen, das so nett und aufgeputzt an Märkten und Musterungen erschien, so sittsam tat, so mäßig sich betrug, vor einem Schluck Wein sich schüttelte und vor jedem Blick eines Burschen sich verbergen zu wollen schien. Mit Gewalt mußte man es zum Tanzen zwingen, mit Gewalt zum Essen, mit Gewalt zum Reden; aber es hieß, daheim sei es gar werksam, gehe immer mit dem Volk aufs Feld und sei ohne allen Stolz und Hochmut.

Aber je mehr er Rösi ansah, desto mehr mißfiel es ihm und alles um ihns herum. Nicht nur die Finger waren schmutzig, sondern alles an ihm; ums Haus herum war es unaufgeräumt, in der Küche keine Ordnung, zu allen Kacheln, welche er heften sollte, fehlten Stücke. Es saß da bei ihm, sich offenbar gehen lassend, weil es ihn ohne Bedeutung meinte, und da war von Sittsamkeit nichts zu sehen; es hatte ein beflecktes Inneres, Lust an wüsten Dingen und stellte sich recht eigentlich dar als ein gemeines Ding, das nicht gerne arbeitete, das daheim sich alles erlaubt glaubte, wenn es nur im Wirtshause und auf der Straße sich anständig gebärdete. Es klagte nebenbei so recht zimperlich über das Arbeiten und wie ihm das erleidet sei, Kopfweh und Krämpfe mache und ein schönes Buch ihm das Liebste sei. Dazu schien es noch bösartig, stüpfte die Katze, neckte den Hund und jagte die Tauben unter dem Dache weg.

Es hätte in diesem lüsternen, lässigen, langweiligen Ding niemand das schmucke, stille, ehrbare Mädchen erkannt, dem man recht gerne nachsah beim Tanze oder stille stund, wenn man es bei einem Krämer seine Einkäufe machen sah. Duldsam, solange sie alleine waren, fing es, sobald am Abend das Haus sich wieder füllte, mit dem Kesselflicker zu zanken an, gab ihm schnöde Worte und führte alle seine Arbeit aus. Da begann auch der Kesselflicker sein Spiel, höhnte das Töchterchen, hielt ihm den Melker vor, den Eiertätsch, sein sauberes Lismen, wo immer ein Lätsch auf der Nadel sei und einer unter derselben, bis das Feuer ins Dach stieg, das Mädchen heulend Vater und Mutter klagte, der Vater fluchte, die

Mutter schimpfte, der Ringgi bellte, die Katze miaute, alles lärmte, was da lärmen konnte – da zog der Kesselflicker lachend fürbaß.

Am Abend eines anderen Tages schleppte er seine Bürde müde einem großen Hause zu, das in der Nebengasse eines Dorfes stund. Das Dach des Hauses war schlecht, der Misthaufe aber groß, viel Holz lag darum herum, aber nicht geordnet; ein Schweinstall stieß daran, einige Fürtücher und Hemden hingen am Gartenzaune, schwarz und rauchicht war es um die Haustüre, voll Löcher der aus Lehm gestampfte Schopf. Eine fluchende Stimme drang aus der Küche und donnerte mit einem unsichtbaren Jemand, der wahrscheinlich etwas zerbrochen hatte, und ihr nach kam ein stämmiges Mädchen mit rot angelaufenem Gesicht, ungekämmt seit vergangenem Michelstag, zwei Säumelchtern an den Armen, in denen Adern schwollen wie kreuzerige Seile, und auf Füßen, die letzten Samstag gewaschen worden, seither zweimal den Schweinen gemistet hatten und so breit waren, daß man die verhudelten Schuhe an denselben bequem als Kuchenschüsseln hätte gebrauchen können. Dieses Mädchen war in vollem Zorn, traf die Schweine beim Ausputzen ihres Troges mit dem mutzen Besen auf ihre Rüssel, daß sie krachten, fluchte mit ihnen, wie kein Kälberhändler es ärger hätte tun können, und schlug ihnen das Fressen in den Trog, daß es weit umherspritzte. Darauf die Hände nur notdürftig im Brunnentroge schwenkend, rief es zum Essen, und hervor kamen allerlei Gestalten, die wenigsten ihre Hände waschend, wie es doch bei jedem ehrbaren Bauernhause Sitte ist, und die es taten, taten es, als schonten sie dem, was sie aus den Ställen an den Händen mitgebracht. Es war ein wüstes, unordentliches Essen, an welchem der Keßler teilnehmen konnte unter dem Beding, umsonst zu heften, was er, während die Andern rüsteten, zu heften imstande sei. Rohe Spässe, Zoten wurden alsobald flüssig; man schien damit das schlechte Essen würzen zu wollen. Marei, die Tochter, nahm herzhaft teil daran ohne irgend die geringste Scham, hatte aber nebenbei immer noch Zeit, Vater und Mutter zu widerreden: dem Erstern zu sagen, wann er zum letzten Male voll heimgekommen sei, und der Letztern vorzuhalten, sie hätte in den letzten drei Wochen nicht zwei Strangen Garn gesponnen, dann auch die Mägde zu schelten und den Knechten wüst zu sagen, wenn sie an den zu beschneidenden Rüben die Rind zu dick machten. Freilich mußte sie sich auch gefallen lassen, derbe Antworten zu hören und besonders von den Knechten Worte anzunehmen, die doch sonst kein ehrbares Mädchen sich sagen läßt von Knechten; aber wie man tut, so hat mans auch.

Sein Lager war ihm im Stall angewiesen. Der war schmutzig wie die Kühe darin, die Läger zu kurz und er in beständiger Gefahr, von einer Kuh mit ihrem Heimeligsten begossen zu werden. Im Hause war noch lange Lärm, es schien ihm auch nachts keine Ordnung da zu sein und alle zu machen, was jedem beliebe. Er war aber zu müde, zu gwundern. Am Morgen ward frühe Appell geschlagen, niemanden mehr Ruhe gegönnt; es drehte das Volk vor fünfe sich ums Haus herum, aber niemand tat doch eigentlich was Rechtes. Man mußte halt auf sein, damit es heiße: in dem und dem Hause gehe der Tanz schon vor fünfe los, und ds Marei sei immer die Erste und die Letzte. Aber vor halb achte konnte man doch nicht zMorgen essen, und zwar eine Suppe ohne Schmalz und ohne Brot, und Kraut so lang, so hart, so trocken, daß man sich lange besinnen mußte, ob das, was man hinunterschlucke, Geiselstecken seien oder wirkliche Krautstengel, und dazu machte die Marei Augen, mit denen man einen Hasenpfeffer hätte anmachen können.

Dem Keßler erleidete es bald da, am Kraut hatte er sich

satt gegessen und an der Tochter, diesem unsauberen Werktier, satt gesehen. Daher, als sie ihm eine Milchkachle zum Heften brachte, sagte er ihr: Diese werde sie doch nicht wollen heften lassen, sie säuerle ja wie eine Sauerkrautstande, in welcher dreijähriges Sauerkraut gewesen sei; wenn sie ihr Milchgeschirr nicht sauberer halte, so werde sie die Milch nicht lange gut haben und nicht viel süßen Anken machen. Potz Wetter, da gings los; die Kachelstücke flogen ihm ins Gesicht, und als die verschossen waren, riß sie ihre Schuhe von den Füßen, schlug auf ihn los wie der Drescher auf das Korn in der Tenne, und er hatte noch nie so Eile gehabt, sich wegzumachen, wenn er nicht geprügelt sein oder allen Ernstes sich wehren wollte.

Da könne auch einer einen Schuh voll herausnehmen, dachte der Bursche bei sich, als er das Haus im Rücken hatte. Das erstere Mädchen sei berühmt als gar sittsam, manierlich, das jedem Haus wohl anstehen würde, dieses aber als eine rechte Werkader, als eine angehende Bäuerin, wie es zu Berg und Tal keine geben werde, hätte die schönsten Schweine, wisse mit den Schweinehändlern am besten zu märten, dürfe alles selbst anrühren, und der sei ein Glücklicher, der es erhaschen könne. Nun habe er beide gesehen, und es schaudere ihn, wenn er eins oder das andere haben müßte, und wenn er nur ein Kesselflicker wäre. Und es sei doch gut, dachte er, daß so ein Kesselflicker überall hingucken könne, wo sonst niemand hinsehe, und daß man sich nicht vor ihm in acht nehme und das Sonntagsgesicht vornehme, wenn so einer im Hause sei, wie man es zu tun pflege, wenn Dorf komme oder wenn man zDorf gehe. Gar auf Märkten und an Musterungen sei lauter Lug und Trug, nicht nur auf dem Kühmärit, sondern auch in Gast- und Tanzstuben, und die da am meisten aufgezäumt erscheine und geschlecket bis zhinderst, die sei zu Hause nicht selten die wüsteste Kosle, die es geben könne, und komme daher, daß man nicht wisse, was hinten, was vornen sein solle. Wer Marei und Rösi auf einem Märit gesehen, der hätte geglaubt, sie stünden jedem Bauernhause wohl an, wer sie aber zu Hause sah, der mußte sagen, daß sie zu einem Bauernhof paßten wie Haare in die Suppe, wie Wanzen in ein Bett, wie Essig zu einer gestoßenen Nidel. Ja, dachte er bei sich selbst, wahr ist wahr, und mit den Mädchen ist es, nicht zusammengezählt und Euer Ehren vorbehalten, wie mit den Kühen: was man auf dem Markt kauft, ist gewöhnlich daheim nur halb so viel wert, mit dem Unterschied, daß man von den Einen wieder loskommen kann, wenn man Reukauf zahlt, von den Andern dann meist weder Geld noch Seufzer einem helfen.

Er war recht schwermütig geworden, und alle Arbeit war ihm verleidet. Er setzte sich in ein Wirtshaus und tagdiebte da, spielte den Hudel, tat, als ob er kein Geld hätte, wollte seinen Keßlerkram verkaufen, fand aber keinen Käufer. Die Wirtstochter fesselte ihn auch nicht. Ihre Pantöffelchen gefielen ihm nicht, sie steckte ihm ihren Daumen zu tief ins Kraut, welches sie ihm auftrug, machte ihm ein gar zu mißvergnügt Gesicht, wenn sie einmal aufstehen mußte, und gnepfte manchmal so bedenklich durch die Stube, als ob sie an jedem Fuße fünf Hühneraugen hätte.

Zeitlich ging er zu Bette, brach früh auf, da eben die Sonne so klar und frisch zu scheinen begann. Da ward ihm wieder froh und leicht im Gemüte, und er beschloß, weiterzuwandern mit seinem Keßlerkram, den ihm niemand hatte abkaufen wollen.

Einem Fußwege nach zog er einem schönen Bauernhofe zu; lustig umflatterten ihn früh erwachte Vögelein, abgefallene unreife Kirschen knitterten unter seinen Füßen, Spatzen jagten sich auf den hohen Bohnenstecken, zwei Bursche graseten, und zutrauliche Hühner pickten hinter ihnen auf den frisch gemähten Flecken die Würmer auf. Blank war das Haus, hell glitzerten die Fenster, ein freundlicher Garten lag vor demselben, und wohlbesorgte Blumen spendeten freigebig ihre reichen Düfte. Ein schlankes, großes Mädchen mit reinem Haar, reinem Hemd und Händen saß auf der Türschwelle, schnitt Brot ein und hatte ein lustig prasselnd Feuer in der Küche, doch nicht das halbe Feuer draußen auf der Feuerplatte, sondern alles drinnen im Loch, wie es sich gehört. Rauh und trotzig frug er nach Arbeit. Wo Weibervolk sei, da sei immer etwas zu heften oder plätzen, fügte er bei. Das Mädchen antwortete: Wenn er warten wolle, bis es angerichtet, so habe es ihm Arbeit genug. Da müßte er wohl viel Zeit versäumen, antwortete er, wenn er jedem Ziehfecken abwarten wolle, bis es ihm sich schicke. Das sei doch keine Manier, sagte das Mädchen, gleich so aufzubegehren, und wolle er nicht warten, so könne er gehen. Wolle er aber Verstand brauchen, so könne er seinethalben mit ihnen zMorgen essen, während der Zeit wolle es ihm Arbeit rüsten. Der Keßler blieb nicht ungern da, das Ganze hatte so eine Art, daß es ihn heimelete. Er zog daher seine Pfeifen in etwas ein, stellte seine Drucke ab und setzte sich zu dem Volk an den Tisch. Es hatte alles ein reinlich Ansehen, und das Volk tat manierlich, betete mit Andacht, und aus dem ganzen Benehmen sah man, daß da Gott und Meisterleute geehrt würden. Die Suppe war eben nicht überflüssig dick, aber gut, der Brei bränntete nicht, die Milch war nur leichtlich abgeblasen, das Brot nicht ohne Roggen, aber küstig und nicht hundertjährig.

Er saß noch nicht lange am Tische, so ließ er ein mächtiges halbes Brot in eine Milchkachel fallen, daß die Kachel in Scherben ging und rings am Tische alles mit Milch überspritzt wurde. Hie und da hörte man ein Kraftwort, aber halb verdrückt; eine vorlaute Magd hieß ihn der ungattlichst

Hung, den sie noch gesehen. Anne Mareili aber, die Tochter, verzog keine Miene, hieß jene Magd mit ihr in den Keller kommen, und bald stund andere Milch und anderes Brot auf dem Tisch. Statt sich zu entschuldigen, stichelte der Keßler: Im Länderbiet esse man weißeres Brot, dort würde solches nicht einmal von dr Gottswillenleuten gegessen. Niemand antwortete ihm darauf.

Er pflanzte sich mit seiner Arbeit neben der Küchentüre auf, von welchem Standpunkt aus er die Arbeit in Küche und Garten beobachten konnte. Er sah, wie Anne Mareili das Großmüetti – die Mutter war gestorben – an die Sonne führte, ihm mit aller Sorgfalt ein Kissen auf der Bank zweg legte und nie unwillig wurde, wenn das Großmüetti kärete, bald hie aus, bald da aus wollte und beständig das Großtöchterchen an Sachen mahnte, die längst abgetan waren, nach Art aller Großmüetteni, die meinen, an Dinge, welche sie ehemals abgetan, jetzt aber nicht mehr vollbringen können, denke kein Mensch mehr, sie blieben ungemacht, wenn sie nicht daran erinnerten. Er sah, wie der Ätti fort wollte, seine Strümpfe suchte, sie nirgends fand und nun seine Tochter ausschimpfte, die sie ihm verlegt haben sollte. Ohne viel dagegen zu haben, half sie ihm geduldig dieselben suchen und fand sie endlich versteckt hinter der Kutte, welche der Vater anzog, wenn er bei strubem Wetter wässern wollte. Dorthin hatte der Alte sie selbst versteckt am vergangenen Tanzsonntage, damit sein Sohn sie ihm nicht wegstipitze, um auf dem Tanzboden damit zu glänzen. Das Mädchen gab sie dem Ätti ohne irgend eine Bemerkung, begleitete ihn freundlich einige Schritte weit und bat ihn: Er solle doch ja nicht zu streng laufen und sich doch ordentlich Essen und Trinken gönnen; es wolle ihm schon mit etwas Warmem warten, bis er heimkomme. Er hörte, wie es Bettelkindern Bescheid gab, die einen teilnehmend nach einem kranken

Vater, einer kranken Mutter fragte und etwas Passendes ihnen gab, wie es andere zurechtwies, zur Arbeit sie mahnte, Arbeit ihnen anbot und sie dann sehr ernst abwies, wenn sie schnöden Bescheid gaben und die Arbeit von der Hand wiesen. Er hörte, wie es den Diensten Bescheid gab, kurz und deutlich jedem antwortete oder Arbeit anwies, daß man sah, es wußte allenthalben in Feld und Haus, was getan, was noch zu tun war. Bei dem allem saß es nicht auf einem Throne oder einem Ruhbett, streckte die Füße lang von sich weg und hatte im Schoße die Hände, sondern es war nie müßig, rüstete das Essen für eine ganze Menge Volk alleine, erlas das Kraut beim Brunnen mit einer Sorgfalt, daß man ihm wohl ansah, es sei ihm nicht gleichgültig, ob in demselben Schnecken blieben oder nicht. Aber es ging ihm alles von der Hand wie gehext, und seine Füße liefen wie auf Federn, es blötschte nicht auf den Boden, daß es ihm bei jedem Schritt die Nase bis über die Stirne hinaufsprengte, wie man hie und da Menschenstücke um Häuser blötschen sieht.

Des Mittags war das Essen wieder proper und anständig, und doch führte er es aus und sagte: Am Schmalz im Kraut könnte wohl keine Fliege sich überschlucken. Das Mädchen, welches in der Abwesenheit des Vaters die Oberherrschaft führte, antwortete darauf bloß: Daheim könne er kochen lassen, wie er wolle, hier sei es so der Brauch, und wenn das ihm nicht recht sei, so brauche er ja nicht wiederzukommen.

Nachmittags, als die Großmutter schlief, das Volk auf dem Felde war, ging er in die Küche, angeblich um die Pfeife anzuzünden, fing aber an zu spassen, zu schätzelen, wollte das Mädchen obeneinnehmen und küssen; da kriegte er eine Ohrfeige, daß er das Feuer im Elsaß sah und dazu die Schwelle in Bern rauschen hörte, und vernahm den kurzen Befehl, er solle sich an seine Arbeit machen, damit sie endlich fertig werde. Dann ging das Mädchen zum

Hundestall, band den Blaß los, der es in freudigen Sätzen umsprang, und sagte zu ihm: «Komm, du armer Hund du, ich will dich ablösen, aber dafür mußt du hübsch bei mir bleiben und nicht wieder den Schafen nachlaufen, willst du?» Und der Hund sah zu ihm auf, als ob er es verstünde, war ihm immer zur Seite, wohin es ging, legte sich ihm, wenn es arbeitete, zu den Füßen und zeigte allemal die Zähne, wenn es beim Keßler vorbeiging, als ob er wüßte, wem er Respekt einzuflößen hätte.

Endlich, gegen Abend erst, brachte der Keßler Pfannen und Häfen in die Küche zurück und zuletzt auch einen Arm voll Kacheln. Als das Mädchen sie ihm abnehmen wollte, ließ er sie fallen, daß die Stücke weit in der Küche herumflogen, die Großmutter einen Schrei ausstieß und ängstlich fragte, ob nicht die Kachelbank umgefallen sei. Der Bursche fluchte nur und sagte: An dem wolle er nicht schuld sein, aber eine, die so dumm und uwatlig täte, hätte er noch nie angetroffen. Das Mädchen wurde hochrot, und der Blaß stellte sich mit offenem Maul neben ihns, aber es sagte bloß: Es sei nicht sein Brauch, mit einem Keßler zu branzen, aber wer sie habe fallen lassen, wisse er und es. Er solle nur sagen, was man ihm schuldig sei, und dann machen, daß er fortkomme, sonst zeige ihm endlich der Blaß noch den Weg.

Er lasse sich nicht so begegnen, sagte der Keßler, und fürchte den Hund nicht. Das sei wohl die kommodeste Art, sich bezahlt zu machen, arme Leute, denen man Geld schuldig sei, mit dem Hund fortzujagen, aber bei ihm komme man an den Lätzen. Anne Mareili antwortete: Er habe ja gehört, daß es ihn bezahlen wolle, und das je eher, je lieber, damit es ihn nicht mehr zu sehen brauche, und wiederzukommen brauche er nicht, denn es hätte nie mehr Arbeit für ihn. Da sagte der Keßler: Und jetzt wolle er expreß nichts für seine Arbeit, aber so befehlen, nicht mehr zu kommen, das lasse sich ein Keßler nicht, das sei unverschämt. In vierzehn Tagen sei er wieder da, und dann nehme es ihn ds Tüfels wunder, ob es nichts für ihn habe; und dazu machte der Keßler wieder Augen, als ob er Anne Mareili küssen wollte, aber der Blaß sperrte sein Maul auf zu einem Müntschi, das dem Keßler doch nicht angenehm war. Darum streckte er Anne Mareili nur die Hand und sagte: «Auf Wiedersehn!» Aber Anne Mareili wollte ihm die Hand nicht geben und sagte: Es hätte noch nie einem Keßler die Hand gegeben, und es wolle schon zufrieden mit ihm sein, aber erst dann, wenn es ihm den Rücken sehe. Da lachte der Bursche und sagte, sy Seel gebe es ihm noch einmal die Hand, und es werde wohl eine Zeit kommen, wo es sein Gesicht lieber habe als seinen Rücken.

Somit machte er sich von dannen, hellauf ein lustig Lied singend, daß Berg und Tal widertönten. Anne Mareili wurde es recht angst dabei. Es hatte viel von Räubern gehört und namentlich, daß oft Keßler versteckte Räuber seien, die das Land ausspionierten, um zu sehen, wo etwas zu stehlen sei, und wie sie auch Weiber und Mädchen mit sich fortschleppten in ihre Höhlen und dort sie bei sich behielten als ihre Weiber. Ein solcher Räuber, dachte es, könnte auch der Keßler sein – er sehe ganz darnach aus – und es auf ihns abgesehen haben. Aber das solle ihm nicht leicht werden, dachte es, sein Messer und der Blaß wollten auch noch etwas dazu sagen. Indessen ging es doch nicht gerne nachts aus dem Hause, zündete des Nachts allenthalben hin, besonders unter sein Bett, schloß die Türen sorgfältig und fütterte den Blaß extra alle Abend, damit er sich nicht etwa locken lasse, und betete noch einmal so inbrünstig zu seinem lieben Vater im Himmel, daß er ihm zur Wache seine Engelein senden möchte, zwei zu seinen Häupten, zwei zur Fußeten, einen an jede Seite und endlich einen, der ihns führe in sein himmlisch Reich. Und dann schlief es getrost ein; aber oft träumte das Mädchen von dem Keßler, doch eigentlich nicht mit Furcht und Zittern, sondern derselbe verwandelte sich gewöhnlich in einen schönen Jüngling, in einen Prinzen oder Königssohn, der es absolut zur Frau haben wollte und seinem Anne Mareili Himmel und Erde versprach.

Doch kein Keßler kam wieder. Aber nach vierzehn Tagen fuhr an einem schönen Nachmittag ein Wägeli vors Haus, ein schöner Grauschimmel mit stolzem Geschirr davor, ein großer, schöner Bursche darauf.

Ganz als wenn er da bekannt wäre, rief er einem Knechte: Er solle doch kommen und ihm das Roß abnehmen. Darauf kam er an die Türe, und als Anne Mareili ihm Bescheid geben wollte und ihm in die Augen sah, da wurde ihm fast gschmuecht; der Keßler stund vor ihm, nicht als Prinz und nicht als Räuber, sondern als ein stattlicher Bauer. Und der Spitzbube lachte und zeigte noch schönere weiße Zähne, als der Blaß hatte, und fragte so spitzbübisch: «Gäll, ich bin wiederum da, du hast es mir verbieten mögen, wie du wolltest.» Und lachend reichte er ihm die Hand, und verschämt gab ihm Anne Mareili die seine. Da, rasch sich umsehend und niemand gewahrend, sagte er ebenso rasch: Und gerade seinetwegen komme er. Es werde wohl schon von ihm gehört haben, er sei der und der und hätte schon lange gerne eine Bäuerin auf seinen Hof gehabt, aber nicht eine auf die neue Mode, sondern eine wie seine Mutter selig. Aber er hätte nicht gewußt, wie eine Solche finden, da die Meitscheni gar schlimm seien und einem leicht Stroh für Heu verkaufen. Darum sei er als Keßler umhergezogen, hätte manches gesehen, er hätte es niemanden geglaubt, aber manchen Tag, ohne eine zu finden, die er nur vierzehn Tage hätte auf seinem Hofe haben mögen. Schon habe er die Sache aufgeben wollen, als er ihns gefunden und bei sich gesagt habe: Die oder keine! Und jetzt sei er da und möchte ihns geschwind fragen, ob er seinem Alten etwas davon sagen dürfe. Da sagte Anne Mareili: Er sei einer, dem nicht zu trauen, aber er solle hineinkommen, es sei so viel Rauch in der Küche. Und Joggeli mußte hinein ohne weitere Antwort.

Indessen ging er nicht wieder hinaus, bis er eine hatte, und die muß nicht ungünstig gewesen sein, denn ehe ein Vierteljahr um war, ließ Joggeli verkünden mit Anne Mareili und hat es nie bereut und kriegte nie mehr eine Ohrfeige von ihm. Aber oft drohte es ihm mit einer, wenn er erzählte, wie Anne Mareili ihm die Hand nicht hatte geben wollen und ihm gesagt, es möge nicht warten, bis es ihm den Rücken sehe, und wie es dann doch froh gewesen sei, ihm die Hand zu geben und sein Gesicht zu sehen. Wenn er dann aber hinzusetzte, er glaube, jetzt sehe es sein Gesicht lieber als den Rücken, so gab Anne Mareili ihm friedlich die Hand und sagte: «Du bist ein wüster Mann, aber reuig bin ich doch nie gewesen, daß ich dich wieder angesehen.» Dann gab ihm wohl Joggeli sogar vor den Leuten einen Schmatz, was doch auf dem Lande nicht dick gesehen wird, und sagte: Er glaube immer, er habe seine Frau seiner Mutter selig zu verdanken, die ihn gerade zu dieser geführt.

Und allemal, wenn Joggeli hörte, einer sei hineingetrappet und hätte einen Schuh voll herausgenommen, so lachte er, sah Anne Mareili an und sagte: «Wenn der hätte lernen Pfannen plätzen und Kacheln heften, so wäre es ihm nicht so gegangen. Ja, ja, ein Marktgesicht ist vom Hausgesicht gerade so verschieden wie ein Sonntagsfürtuch etwa von einem Kuchischurz, und wenn man dieses nicht gesehen hat, so weiß man gerade so viel von einem Meitschi, als man von einem Tier weiß, das man im Sack kauft; da weiß ja auch Keiner, hat er ein Lämmlein oder ein Böcklein.»

Oh, wenn die Meitscheni wüßten, daß jeden Augenblick ein solcher Kesselflicker über die Küchentüre hereinsehen könnte, wäre auch am Werktag um Manche besser Wetter und sie täte manierlicher jahraus und -ein und wäre gewaschen Vormittag und Nachmittag!

Anmerkungen

Kursivschrift bezeichnet die von Gotthelf in Klammern beigefügten, in unserer Ausgabe gestrichenen Erklärungen berndeutscher Ausdrücke. – «E» bezeichnet die unten bei den einzelnen Geschichten erwähnten Erstdrucke und bedeutet, daß eine Stelle von uns verbessert wurde.

Seite

1 E: bei Langlois, Burgdorf 1838.
4 Gänterli: Schränkchen.
6 Länderbiet: Entlebuch.
7 Küher: Senn. – aufziehen: E «aufzuziehen».
8 Hammli: (*Schinken*). – Heli: Rauchfang. – gschlacht: günstig.
11 hämpfelig: mit der Hand zu umgreifen. – Egg: Höhenrücken.
12 freie Hand: E «freier».
13 Bälli: Kläffer.
14 Leberberg: Jura. – blauer Berg: Jura.
16 Honegg: Höhenzug im hintersten Emmental.
18 die Sage von der Emmenschlange: sie ist auch auf einem bekannten Stich N. Königs von 1815 dargestellt, jedoch mit einem wilden Mann an Stelle des grünen Zwergleins.
19 Trämel: Rundholz.
20 Brückstock: gemauerter Teil der Einfahrt. – Fragenbuch: Katechismus.
21 Fürtuch: Schürze.
25 ästig: mit großen Ästen. – Spälten: Scheiter.
26 Tentsche: Dämme.
27 Schachen: eigentlich das Buschwerk längs des Flusses, dann auch die armen Wohnquartiere an der Emme – Neutäufer: Wiedertäufer.
29 Bütten: Bottiche.
30 Klupf: Schreck.
31 gespregelt: gesprenkelt (vom kalten Wasser).
33 Uirtel: Viertel. – Kraken: Tintenfische (hier: Polypen).

Seite

36 Tanntschuppleni: Tannenwipfel. – das Schloß Brandis: einst über Lützelflüh gelegen. – Übergang: Untergang des alten Bern 1798.

37 Flühluft: (*Föhn*). – Steigrad: Steingrat, westlicher Ausläufer des Napf. – hilb: mild.

43 Gugler: Übername der im «Guglerkrieg» 1375 in die Eid-genossenschaft eingefallenen französisch-englischen Truppen.

44 das neue, Bern hart bedrängende Burgdorf: Burgdorf war das Zentrum des von den Brüdern Schnell angeführten Liberalismus, der 1831 den Sturz des alten Regiments herbeiführte.

48 Schadnis: Anstrengung zur Wiedergutmachung.

49 vor Zeiten: E «Zeit». – dem Sturm der Tannen: E «den Sturm der Tanne». – Saarbaum: Pappel.

51 und auch um den zu finden: E «und um auch».

52 Fassenen: Kissenüberzüge.

54 Schaal: Metzg. – taunet: taglöhnert.

57 Kuder, Knöpfe: minderwertiger Flachs und Hanf.

59 Bureau: Schreibtisch. – Schütti: Nordabhang der Berner Halbinsel. – – «Große Sozietät»: vornehmes Berner Klubhaus. – «Distelzwang»: Zunfthaus der Berner Patrizier.

62 Rechtsamene: Anrechte der Burger auf den staatlichen Grundbesitz.

63 aufreiset: in seine Wiesen leitet.

64 vermeukt: heimlich verschleppt. – verkaufen lassen müssen: E «müssen lassen».

65 der Menschenfreund: so nannte sich Pestalozzi, als dessen Schüler sich Gotthelf damit zu erkennen gibt.

66 Goldau: das 1806 durch den großen Bergsturz verschüttet wurde.

70 Mistbücki: tragbarer Jauchebottich.

72 Bistum: das 1815 an den Kanton Bern übergegangene, früher dem Bischof von Basel gehörende jurassische Gebiet.

90 freine: (*gutmütige*). – Kupsucht: (*Schmollsucht*).

91 Gysnaufluh: Felswand bei Burgdorf.

Seite

92 grupeten: (*kauerten*). – fiselten: untätig ums Haus herumliefen. – Kacheln: (*Schüsseln*). – stotzte: (*ging müßig*).

93 schnausete: (*durchstöberte*). – branzte: (*schimpfte*). – Ertaubete: (*erzürnte*).

94 Fürtücher: Schürzen. – galpen: (*schäkern*). – Leide: (*Schwächliche*).

95 Krüschkasten: (*Kleiekasten*). – Eiertätschen: (*Eierkuchen*).

96 Kopfweh: korr. aus «es Kopfweh». – Lätsch: (*Masche*).

97 Schopf: (*Schuppen*). – mutz: kurz.

99 märten: (*handeln*). – Dorf: (Besuch).

100 Nidel: (*Rahm*). – gnepfte: (*ging schwerfällig*).

101 Ziehfecken: langsamer Mensch. – Drucke: (*Schachtel*).

102 kärete: (*murrte*).

103 blötschte nicht: (*trat nicht schwerfällig auf*).

104 Kachelbank: Geschirrgestell. – uwatlig: (*ungeschickt*).

107 dick: oft.

Inhaltsverzeichnis